« Tout le monde ne mûrit pas en même temps sur tous les plans. »

Il haussa la voix :

« Que veux-tu dire ?

– Chut ! Il ne manquerait plus qu'il nous entende nous disputer comme sa mère et toi…

– Que veux-tu dire ? avait-il répété à voix basse.

– Francesco est doté d'une grande profondeur d'esprit, tu sais. Il m'a dit une chose à ton sujet à laquelle je n'avais jamais pensé… »

Il se redressa dans le lit.

« Quoi donc ?

– J'étais dans la cuisine, plongée dans mes pensées. Je ne l'ai pas entendu arriver et j'ai poussé un grand cri ! Il s'est mis à rire et m'a dit que j'avais toujours l'air de craindre que le ciel me tombe sur la tête et que cela expliquait pourquoi j'étais si bien avec son "pap'".

– Qu'est-ce que ça veut dire ? » me demanda-t-il d'un ton furieux.

J'éclatai de rire.

« Simplement que tu es un homme qui procure un sentiment de sécurité, à lui comme à moi. »

Il était perplexe.

« Il y a tout de même une belle différence entre lui et toi ! Lui est mon fils et toi, tu es…

– Ton amour ! »

Je lui fermai la bouche d'un baiser. Nous faisions l'amour en silence, accompagnés du grincement imperceptible d'un ressort du lit qui ressemblait au

Cristina Comencini

L'autre femme

roman

Traduit de l'italien par Béatrice Robert-Boissier

Stock
la cosmopolite

TITRE ORIGINAL :
L'altra donna

ISBN : 978-2-234-09123-8

PREMIÈRE PARTIE

Un

La première fois, je l'avais remarquée, une belle femme triste qu'il me semblait avoir déjà vue quelque part. Moi, je me sentais resplendissante : vingt-cinq ans, un petit appartement, un chat, un travail et j'étais amoureuse d'un homme de trente ans mon aîné. Au lycée, j'avais eu une expérience avec une fille, la sœur d'un ami de mon frère. Nous avions échangé un baiser dans les toilettes pendant un voyage scolaire, puis l'excitation d'une étreinte dans un lit étroit. C'en était resté là, j'étais attirée par les hommes, ils avaient toujours quelque chose à cacher, un mystère, sujet de conversation sans fin avec les amies. L'idée qu'il ait trente ans de plus me donnait de l'assurance et de la légèreté, c'était une garantie. Il était sûr de lui et pas le moins du monde intimidé par mon âge.

Onze ans se sont écoulés depuis cette histoire, et pourtant je le vois encore déboutonner lentement sa chemise et me regarder. Je suis déjà allongée sur le lit : j'ai vite fait d'enlever mes vêtements. Lui se déshabille lentement et lorsqu'il fait l'amour, il n'est pas pressé. Grâce à lui, j'ai découvert des zones de mon corps inconnues des garçons que j'avais fréquentés jusqu'alors. Je ne savais pas combien le désir pouvait durer, se suspendre, puis redoubler d'ardeur. Il parlait peu et ne disait de lui que le strict nécessaire. Une première femme, des enfants qu'il ne voyait presque plus. Ils se retrouvaient à Noël, avant l'été, ils lui demandaient de l'argent. Il m'avait donné une excellente raison à ce silence : « Lorsque je me suis séparé de Maria, elle a monté les enfants contre moi ; ils ne veulent pas me voir. »

Sa femme avait découvert qu'il partait en voyage d'affaires accompagné d'une autre et qu'ils dormaient dans la même chambre. Elle l'avait chassé de la maison et il était parti vivre avec l'autre femme, sa compagne de voyage, puis ils s'étaient séparés.

Je me souviens très bien avoir pensé, au moment où il me le racontait : maintenant, l'autre, c'est moi. Ce que je veux écrire ne concerne pas notre histoire d'amour, qui s'est, elle, terminée il y a bien longtemps. La vie de couple, la passion entre un homme et une femme sont toujours uniques vues de l'intérieur, banales et répétitives vues de l'extérieur. C'est sur cette femme que je veux écrire, et sur lui entre nous deux.

Je l'avais croisée pour la première fois lors d'une soirée à Milan où il n'était pas venu, il était à l'étranger. Nous étions au dernier étage d'une tour, un appartement qui n'avait plus rien d'un logement habité : un espace vide sans canapé et, en haut d'un escalier blanc, une chambre sans lit, avec d'énormes coussins gris au sol. Il n'y avait pas de chaises. Nous errions tous un verre à la main et les pieds gonflés. Puis les plus jeunes s'étaient assis par terre et j'avais fait de même. Le jour suivant, elle devait me dire qu'elle était venue exprès pour voir « comment j'étais ».

« Voir comment est l'autre est un aspect fondamental de la question. »

Maria habitait à Rome avec ses enfants, moi à Milan. Pietro passait trois jours par semaine à Bruxelles, il avait été élu deux fois au Parlement européen. À Milan, il enseignait l'économie et j'avais préparé sous sa direction mon mémoire sur la politique monétaire européenne. Ce n'est qu'une fois mon diplôme obtenu que nous sommes allés ensemble au restaurant.

« Tu n'es plus mon élève maintenant », m'avait-il murmuré à l'oreille dans le taxi qui nous ramenait vers son appartement.

Au cours du dîner, j'avais appris qu'il avait été marié et qu'il avait trois enfants.

Dans l'appartement au sommet du gratte-ciel, assise à même le sol avec des amis, j'avais trop bu. Nous nous moquions de cet endroit, je venais de le lui décrire au téléphone. Il m'appelait souvent lors de ses absences, inquiet que je puisse le quitter pour un homme plus jeune. Mais je ne mélange pas amour et amitié, et je ne suis jamais tombée amoureuse de quelqu'un de mon âge.

Maria marchait lentement vers nous, grande, maigre, les cheveux foncés, courts, tout le contraire de moi. Je suis blonde, avec quelques kilos en trop et les yeux clairs. Les siens étaient noirs comme ses cheveux. Je ne parviens pas à me souvenir si je l'avais remarquée parce que je l'avais déjà vue en photo ou parce qu'elle me regardait.

Le jour suivant, elle me confierait qu'elle m'observait pour comprendre ce que Pietro me trouvait, à part mon jeune âge. « J'espère qu'il m'a trouvé quelque chose, parce que, pour ce qui est de l'âge, je n'y suis pour rien », avais-je alors répondu.

Le soir de la fête, elle m'avait tendu la main sans se baisser :

« Excusez-moi de vous interrompre, je suis Maria, l'ex-femme de Pietro.

Je m'étais levée d'un bond, espérant que les autres n'avaient pas entendu.

– Elena, avais-je balbutié en lui serrant la main.

– Oui, je sais. »

Elle était beaucoup plus grande que moi.

Dans un coin de la terrasse occupée par des fumeurs, elle avait demandé à me rencontrer le lendemain. « Vous n'avez rien à craindre. »

Pourquoi voulait-elle me voir ? Qu'avions-nous en commun elle et moi, hormis le même homme à différents moments de la vie ? Elle devait répondre à ces interrogations le jour suivant.

Assise en face de moi dans un café du centre-ville de Milan, je la trouvais irrésistible malgré ses cinquante ans; c'était une femme élégante et sûre d'elle. Elle souriait en me parlant, devenant ainsi plus séduisante encore.

«Je vous trouve de nombreux détails charmants, ou qui l'ont certainement charmé. Je vous regarde avec les yeux de mon ex-mari, vous savez, nous sommes restés ensemble vingt ans, je le connais et j'ai aussi beaucoup d'imagination.»

Maria était une artiste peintre, je m'étais renseignée lorsque j'étais une simple élève de son mari. Elle peignait des traces, des empreintes, des signes, des objets abandonnés, des lits défaits.

À la table du café, je me taisais et je l'écoutais.

«Je ne sais pas si j'ai bien fait de venir hier soir. Je savais que vous seriez là, nous avons une amie milanaise en commun qui m'a avertie de votre présence.»

Elle commanda les cafés et sortit de son sac à main une cigarette électronique dont elle tira deux longues bouffées, soufflant un nuage de vapeur blanche. Elle était tendue, nous l'étions toutes les deux.

«Nous avons beaucoup fantasmé l'une sur l'autre, n'est-ce pas?» Elle passa brusquement au tutoiement sans prévenir, je rougis. «Ne me dis pas que tu ne t'es pas demandé de quoi j'avais l'air, que tu n'es pas allée chercher et regarder mes photos sur Internet.

– Si bien sûr, lorsque nous nous sommes… mis ensemble. En réalité, je l'avais fait avant, lorsque j'étais seulement son étudiante et qu'il avait piqué ma curiosité. »

Elle sourit et acquiesça.

« Cela te dérange si je te tutoie ? »

Ce qui me dérangeait, c'était la désinvolture avec laquelle elle parlait de lui, de moi, d'elle-même, comme si nous étions assis tous les trois autour de la table à bavarder, alors que j'étais amoureuse de Pietro et ne voulais rien savoir de sa vie passée avec elle. Pour me rassurer, je l'imaginais souvent sous les traits d'une femme seule, trompée par son mari et jalouse de ma jeunesse.

« Et vous, vous vous êtes renseignée à mon sujet ? »

Je continuais de la vouvoyer.

Elle souffla sur la vapeur pour la disperser.

« Si je me suis renseignée ? J'ai vécu chaque jour avec toi, comme si tu étais une petite sœur détestée, jalousée… J'ai mené mon enquête sur toi, sur ta famille. Je t'ai envoyé une invitation sur les réseaux sociaux et nous avons échangé de nombreuses réflexions sur la vie, l'amour, le travail, les enfants que tu ne veux pas avoir, ceux que j'ai eus et surtout sur lui, ses habitudes et sur votre manière de vous aimer. »

Je me levai d'un bond.

« Vous m'avez contactée sous un faux nom ? C'est un délit, vous savez ?

– Assieds-toi, je n'ai utilisé aucune information que tu m'as donnée et je t'ai même raconté beaucoup de choses vraies sur moi, sur nous. Presque tout. Si je t'avais dit la vérité, tu n'aurais pas accepté mon invitation en ligne et j'avais besoin de te connaître.

– Pourquoi ?

– Pour être libre », répondit-elle aussitôt, comme si c'était un besoin qu'elle ressentait depuis longtemps.

Elle me regardait droit dans les yeux. Elle était maigre et n'avait pas de poitrine. Moi, j'avais toujours honte de mes formes trop généreuses.

Je m'étais rassise avec l'intention de partir. Sur Facebook, ses photos, sa profession, son nom étaient faux. Mais elle prétendait avoir dit la vérité à son sujet. Et je fis soudain le lien : elle m'avait contactée par le biais d'une amie commune, peut-être celle à qui nous devions notre rencontre.

« Le nom que vous m'avez donné, est-ce Sara Trovato ?

– Oui, comment as-tu fait pour comprendre ? »

Ce matin-là, Pietro était rentré très tôt de Bruxelles, il avait laissé sa valise dans l'entrée.

« J'arrive ! » avais-je crié.

Mais il m'avait surprise devant l'écran de l'ordinateur et avait écarté mes cheveux pour déposer un baiser sur ma nuque.

« Qui est Sara Trovato ? » m'avait-il demandé une seconde avant que la page ne se ferme.

Je m'étais tournée vers lui et lui avais rendu son baiser sur la bouche.

« Une amie sur Facebook, pourquoi ? »

Il s'était éloigné.

« C'est le nom de la mère de mon ex-femme. »

J'avais ri.

« Quelle coïncidence ! »

Maria avait pris un petit risque, peut-être volontairement.

« Trovato est le nom de votre mère, n'est-ce pas ? » lui dis-je devant nos cafés.

Elle acquiesça.

Je me levai de nouveau, lentement cette fois, je voulais qu'elle me croie détachée et sereine.

« Pietro et moi nous sommes heureux ensemble, vous avez monté vos enfants contre lui et vous avez eu tort. Votre mariage était fini de toute façon. Il était toujours à l'étranger et vous ne pensiez qu'à votre travail, au succès. Il ne se sentait pas aimé, vous vous disputiez souvent. »

Elle arborait un sourire de mère compatissante.

« Il t'a dit tout cela ?

– Oui, et je le crois. De toute façon, je n'ai aucune intention d'écouter votre version, ni de vous accorder mon amitié. La première fois, vous l'avez obtenue grâce à un leurre.

– Vous avez raison, l'exclusivité est le principe de l'amour. »

Je m'éloignai sans me retourner. Mais sa dernière phrase était restée gravée dans ma tête ; le ver était dans le fruit.

Je ne tiens plus vraiment aux faits, essayez de me suivre, de vous en détacher vous aussi. Tout est fini : mon histoire avec Pietro, le sexe, mon amitié avec Maria, les enfants qui ne voulaient plus rien savoir de lui, ce qui s'est passé avec Francesco. Non. Je veux relater ce que nous avons découvert ensemble, et je crois que cela vous intéressera, car nous sommes tous en pleine tempête, à la recherche d'un port où trouver refuge. Il faut avant tout détruire la cathédrale que nous avons érigée autour de l'amour. Ainsi nous pourrons peut-être reconstruire une église de dimensions plus modestes, avec une pancarte sur la porte : TRAVAUX EN COURS.

L'incendie de Notre-Dame nous a rappelé l'élan nécessaire à sa construction, on la rebâtira, mais elle ne sera plus comme avant. C'était déjà arrivé après la Révolution française, avec la décapitation des statues qui préfigurait celle des hommes. Des animaux vêtus de robes de prêtres paissaient dans l'église, au milieu du vacarme des prostituées appelées déesses de la raison. Ils y ont ensuite couronné l'empereur, mais tout avait changé. Après une destruction, nous ressentons la nostalgie du temps passé qui semble parfait, heureux, nous essayons d'y revenir, cela paraît possible mais ce n'est pas le cas, il faut aller de l'avant vers l'inconnu.

Quelques mois après notre rencontre, j'ai imprimé toutes mes conversations avec Sara Trovato. J'avais décidé de ne rien dire à Pietro, de ne pas y penser, de faire comme si nous ne nous étions jamais vues. Chaque fois que j'allumais l'ordinateur, je résistais à l'envie d'entrer son faux nom et de relire tout ce que nous nous étions écrit pendant un an. J'essayais de ne pas me remémorer nos échanges. De dissocier Sara de Maria, mais des fragments de sa vie me revenaient à l'esprit, la fin de l'histoire d'amour avec son mari qui l'avait fait souffrir. Je savais à présent que l'homme avec lequel je partageais ma vie en était la cause. Les deux voix de femme se fondaient en une. Je regrettais de lui avoir confié certains détails de mon histoire avec Pietro, nous parlions du même homme et je l'ignorais. Je le serrais dans mes bras le soir en faisant le vœu qu'il oublie tout ce qu'il avait vécu avec elle. Avant ma rencontre avec Maria, j'avais toujours été très bienveillante à son égard et à celui de ses enfants. Lorsque Pietro rentrait inconsolable parce qu'ils ne voulaient pas le voir, ou parce que Maria avait des exigences financières excessives, je m'efforçais de le calmer.

« Il faut que tu la comprennes, Pietro, ta femme n'a plus vingt ans, elle est restée seule, elle sait que nous sommes ensemble et elle te le fait un peu payer. Eux aussi. Essaie d'être compréhensif et patient. Ça va passer, laisse faire le temps. »

Et ainsi de suite, je déployais une série de banalités sur le sujet. Le lendemain, prise d'un élan contraire, j'allumais l'ordinateur pour regarder le site de Maria, les tableaux, ses photographies. Sur l'une d'entre elles, ils étaient encore ensemble : Pietro avait passé un bras autour de ses épaules et elle le regardait en souriant, fière. Ils étaient beaux tous les deux. Et le soir, je lui tenais le discours inverse :

« Elle exagère quand même, les enfants sont aussi les tiens ! Tu ne peux pas la laisser te traiter comme ça ! »

Après ma rencontre avec Maria, nous faisions beaucoup plus l'amour qu'auparavant. Je voulais le sentir en moi, sentir son corps et son désir exclusif. Je me souvenais aussi d'un article que j'avais lu sur une découverte scientifique. Il affirmait que 63 % des femmes conservent l'ADN de tous les hommes avec lesquels elles ont eu des relations sexuelles, on appelle ce phénomène le « microchimérisme masculin ». Nous avions toutes les deux l'ADN de Pietro en commun, alors que nous nous ressemblions si peu. J'ignorais encore que j'avais ouvert une boîte aussi dangereuse que celle de Pandore. Mais ne sommes-nous pas à l'origine de tous les maux et peut-être de toutes les véritables révolutions ?

Je ne suis pas féministe. Pour ma génération, ce mot est presque une insulte. Nous avons rétabli un lien avec les hommes que la génération de ma mère, qui était aussi celle de Maria, avait réduit à néant. Mon père tournait autour de mon frère et moi sans savoir où se placer. Ma mère tenait fermement la situation sous contrôle, à l'intérieur comme à l'extérieur de la maison. Elle gérait avec la même efficacité la paire de chaussettes oubliée par mon frère au club de sport, la voiture à acheter, les courses, l'argent. Mon père débouchait les bouteilles de vin. Ma génération a rétabli la séduction, les talons de douze centimètres, les minauderies, mais nous avons gardé la force qu'elles avaient conquise alliée à celle, ancestrale, de toute femme. Du moins, c'est ce que je pensais.

Lorsque Pietro rentrait de Bruxelles, je ne lui préparais rien à manger, je ne sais pas cuisiner (l'un des talents de ma mère qu'elle avait refusé de me transmettre), mais je l'accueillais avec une délicieuse caïpirinha accompagnée de trois différentes sortes d'houmous. Nous buvions, nous faisions l'amour et il m'emmenait dîner dehors. Nous n'avions aucune intention de nous marier ni d'avoir des enfants. Lui en avait déjà et moi je travaillais du matin jusqu'au soir à la banque. Vingt-cinq ans, j'avais bien le temps d'y penser. J'en ai trente-six maintenant, et j'y réfléchis encore. Je n'ai pas de compagnon attitré et s'il me prenait l'envie d'avoir un enfant, en dernier recours, j'achèterai le sperme d'un homme.

Durant les trois jours où il était à Bruxelles, il m'arrivait de quitter le bureau à 20 heures, puis salle de sport, dîner rapide et au lit. Lorsqu'il était là, je sortais un peu plus tôt du travail pour les houmous et la caïpirinha. Quand j'y repense aujourd'hui, ces années me paraissent euphoriques : travail, sorties, dîners, amis, amour, voyages. J'allais voir ma mère une fois tous les quinze jours. Après la mort de mon père, elle avait déménagé dans un petit appartement à Monza. Dans le salon étroit où tenaient à peine quelques meubles de notre logement précédent, sur une étagère de la bibliothèque entre le canapé et son fauteuil, elle conservait son urne. J'avais parfois l'impression qu'il était plus présent parmi nous qu'il ne l'avait jamais été. Ma mère était une veuve forte, moi une fille décidée, en couple avec un homme de trente ans mon aîné, et, entre elle et moi, il y avait ses cendres.

« Tu as raison de rester avec Pietro, me disait-elle, tu le quitteras quand il sera trop vieux pour toi. »

Au cours de l'une de ces visites où nous parlions de mon travail et du sien – elle était pédiatre –, je lui avais posé des questions sur mon père.

« Qu'est-ce qui te plaisait chez papa ? Il était toujours hésitant et toi toujours décidée, qu'est-ce qui vous a fait tomber amoureux l'un de l'autre ? »

Elle avait jeté un regard vers l'urne, comme si son mari pouvait encore en surgir tout entier, et qu'elle pouvait le voir.

« Nous nous sommes rencontrés à un cours de tango.

– D'accord, mais pourquoi suivais-tu des cours de tango ?

– J'étais plongée dans mes études de médecine du matin au soir et je n'avais pas de fiancé. J'avais eu quelques petits amis, mais je les quittais passé quelques mois. J'ai bien cru que les hommes ne me plaisaient pas, mais en fait les femmes ne m'intéressaient pas, si ce n'est en tant qu'amies. Peut-être que, enfant, on n'avait pas laissé ma féminité s'épanouir.

Tout ce que mon père voulait, c'était que je devienne médecin, lui qui avait vendu des médicaments aux pharmacies toute sa vie. Ma mère, de son côté, me faisait mettre la table et la débarrasser, peler des pommes de terre, cuisiner et faire les courses... Elle n'avait jamais travaillé en dehors de la maison, et elle disait que si je ne faisais qu'étudier je ne trouverais pas de mari, je n'aurais pas d'enfants, et elle n'aurait donc pas de petits-enfants puisque j'étais fille unique. À Madrid, lors d'un voyage entre amies, nous sommes allées voir un spectacle de tango. Les danseuses se laissaient conduire sans jamais s'abandonner. Le dos bien droit, sans se relâcher ni se laisser aller : elles suivaient les pas de ceux qui les guidaient. J'ai acheté une tenue et des chaussures rouges, et je me suis inscrite à l'école de la rue Jenner. Ton père était un merveilleux danseur. Tout maigre qu'il était, lorsqu'il dansait, il était puissant, le buste solide (je sentais ses muscles sous son veston) et les jambes lestes. Il me conduisait pour la *salida*. Pour la *parada*, il arrêtait fermement mon pied gauche d'une demi-chaussure afin de m'empêcher de tourner, ou alors il l'enserrait doucement pour que je puisse enrouler ma jambe autour de la sienne en *gancho*. Nous avons même remporté une coupe. »

Ces descriptions me ravissaient : mes parents en train de danser le tango... Ils m'avaient fait quelques démonstrations lorsque j'étais enfant, et je riais aux éclats parce qu'ils me paraissaient si différents de l'ordinaire.

« Et dans la vie ? » lui avais-je demandé, espérant qu'elle me révèle enfin le secret qui pesait sur leur mariage qu'elle n'avait jamais eu le courage de me confier.

Elle avait lancé un autre regard à l'urne avant de répondre :

« Dans la vie, il était différent. Il disait que je voulais tout contrôler, que je ne lui laissais pas le temps d'agir. Je lui répondais qu'il était trop lent : si cela n'avait tenu qu'à lui, vous ne seriez pas arrivés à l'école à l'heure et nous aurions dîné à 11 heures du soir. Bref, nos rythmes étaient à l'opposé l'un de l'autre.

Les seules choses qu'elle avait conservées du tango étaient ses chaussures rouges à talons au fond d'une armoire – enfant, je les avais mises et j'étais tombée en essayant de danser – et lui avait gardé un peigne aux dents serrées avec lequel il plaquait en arrière, chaque matin, les cheveux qui lui restaient, tel un torero prêt à entrer dans l'arène. Mais face à ma mère, le torero capitulait tout de suite.

Peut-être à cause de cette histoire de tango ai-je toujours pensé qu'il était essentiel pour un couple de partager les mêmes goûts musicaux. Je faisais découvrir Coldplay et Radiohead à Pietro. Il les avait téléchargés sur l'autoradio de sa voiture et nous les passions lors de nos voyages. Les groupes de sa génération étaient les Rolling Stones et les Who, mais il ne voulait plus les écouter. Ce sont des vieux machins disait-il, une expression qu'il utilisait aussi pour désigner les femmes de son âge qu'il avait fréquentées, y compris sa femme Maria.

J'aurais voulu pouvoir effacer tout ce que j'avais appris par la mascarade des réseaux sociaux. La tentation de relire nos conversations était très forte, la description de l'homme qu'elle avait aimé et qui l'avait fait souffrir ne correspondait en rien à Pietro. Comment était-ce possible ? Maria avait dissimulé son nom et ses informations personnelles, mais même son caractère ne m'évoquait pas Pietro. Du moins, pas celui que je connaissais. Mais qui était vraiment Pietro ? Un jour je n'y tins plus : alors qu'il était à Bruxelles, je décidai de tout imprimer et de tout relire.

Deux

Sur Facebook, celle que je croyais s'appeler Sara m'avait envoyé une photographie de l'homme qu'elle avait aimé pendant vingt ans. Le cliché années 1970 d'un jeune homme au volant, maigre, les cheveux longs ébouriffés par le vent, adressant à l'objectif un sourire teinté d'inconscience et de folie. Puis un autre, vingt ans plus tard, chauve ou presque, en veste et cravate, agacé par la demande de la photographe. Il haussait un sourcil impatient et ne souriait que du coin de la bouche; il tenait deux enfants par la main, un garçon et une fille. «Entre ces deux photos, il y a ma vie avec lui», m'écrivait-elle. Sara se demandait qui était ce garçon qu'elle avait connu dans sa jeunesse et ce qu'était devenu l'homme dont elle s'était séparée après une vie ensemble. Les photographies étaient celles d'un inconnu, peut-être prises sur Internet, mais elles illustraient exactement la transformation physique et psychologique d'Alberto (le nom qu'elle avait donné à Pietro) au cours de leur histoire.

« Cela arrive à tous les hommes, ils perdent leurs cheveux. Les chevelus des années 1970 n'ont plus que quelques mèches qui couvrent à grand peine leur calvitie précoce. »

Pietro, celui que j'avais rencontré moi, faisait pareil : il rabattait à l'aide d'un peigne (identique à celui de mon père) ses rares cheveux sur son crâne. Aurais-je dû comprendre qu'il s'agissait du même homme ? Il y avait cependant les photos, la profession de Maria, le nombre d'enfants et la façon dont elle me le décrivait, un homme entièrement différent du professeur qui m'avait lentement séduite. Tous deux n'avaient en commun que les points suivants : la calvitie, ils n'aimaient pas porter de T-shirts même en été, uniquement des chemises, pas d'après-rasage, ils ronflaient (comme tous les hommes), ils avaient arrêté de fumer après avoir été des fumeurs invétérés. C'était tout, et ce n'était pas beaucoup.

Voici ce qu'elle m'écrivait au sujet de son mari dans nos premiers échanges :

« Il s'appelle Alberto, maintenant je dis souvent “il s'appelait”. Nous nous sommes connus lorsque j'avais vingt ans et lui deux de plus. À l'université. Toi, tu es jeune, tu ne peux pas le savoir, mais à l'époque on faisait tout ensemble : les études, l'amour, les voyages – nous échangions même des conquêtes – puis les enfants. Nous les avons eus tout de suite, j'étais encore à l'université. J'ai dû reporter l'obtention de mon diplôme d'un ou deux ans, mais peu m'importait. Alberto avait commencé à travailler, mon tour viendrait quelques années plus tard. Aucun problème. Nous avions un rêve : vivre notre couple différemment de nos parents. Les enfants venaient en voyage avec nous ; à la maison, ils s'endormaient dans le salon à nos côtés et nous les transportions dans leurs lits, le garçon dans mes bras et la fille dans les siens. Nous ne nous sommes pas mariés, le mariage ne promettait rien de bon. Mes parents avaient été un couple modèle en apparence, les siens avaient vécu un enfer conjugal sans jamais se séparer. Après avoir fait dîner les enfants, j'étudiais et il travaillait. Parfois, je levais la tête de mon livre pour le regarder. Je ne sais pas comment te décrire l'amour que je ressentais pour lui. Il n'a rien à voir avec tout ce que l'on peut écrire ou dire de l'amour aujourd'hui. Ce n'était pas seulement de l'attirance (il avait déjà commencé à prendre un peu de ventre, moi j'avais les yeux cernés à cause du manque de sommeil), je sentais que j'étais à ma place à ses côtés, cette place que, plus jeunes, nous avions choisie. Notre amour était pour moi comme un jardin où nous avions planté ensemble des tomates, des pommes de terre, des légumes et des fleurs. Toute la surface n'était pas cultivée, et heureusement. Certains coins étaient à l'abandon : nous ignorions comment était la terre à ces endroits et ce qui pouvait encore en naître. Lorsque nous nous sommes séparés, mon frère m'a dit que la métaphore du jardin n'était pas de bon augure, que j'aurais dû le considérer, lui, en tant qu'homme au lieu de m'enthousiasmer pour le cadre idyllique autour de nous. Il a raison. Ils ont tous raison. Même si je ne sais toujours pas vraiment aujourd'hui ce que signifie regarder un homme hors du salon où nous étudions ensemble, sans les enfants, les chemises qu'il portait (jamais de T-shirts), l'évolution de son corps. « Au fond, tu ne savais rien de lui » me disent-ils. Comment leur donner tort ? Je croyais en savoir beaucoup, mais ce n'était pas le cas. Et toi ? Tu ne me parles jamais de ton compagnon. »

Cette question ne me paraissait pas étrange non plus. Maintenant je pense que son insistance à me demander de parler de Pietro aurait dû éveiller mes soupçons.

« Je ne t'en parle pas, répondis-je, parce que je suis avec un homme beaucoup plus âgé que moi qui a quitté sa femme et ses trois enfants. J'ai peur de te blesser.

– Au contraire, pour moi c'est une occasion merveilleuse ! Elle me permettra peut-être même de mieux comprendre Alberto et notre vie ensemble.

– Mais ce n'est pas toujours pareil, chaque cas est unique. Il n'y a pas de règle générale.

– Bien sûr, mais j'aimerais en savoir plus sur toi. Au fond, tu as le point de vue contraire du mien.

Notre amie commune Rita m'a un peu raconté ton histoire.

– Pourquoi ?

– Pour rien, comme un exemple de jeune femme en couple avec un homme plus âgé (son professeur, je crois), mais qui est une fille intelligente et non une idiote.

– Je te remercie !

– Mais non, elle voulait me convaincre que c'était un cliché de penser que la différence d'âge s'explique toujours de la même manière.

– C'est-à-dire ?

– Lui, sur la pente descendante de l'âge et du sexe et elle à la recherche du père qu'elle n'a pas eu. Mais ton père était sûrement formidable et tu es avec ton professeur parce que vous vous aimez, c'est tout.

– Donc Rita et toi faites une sorte d'expérience avec moi ?

– N'exagérons rien, c'est aussi à cela que sert Facebook, non ? À faire des rencontres et découvrir des histoires.

– Le tien aussi est avec une fille plus jeune ?

– Oui, je crois. Comment s'appelle ton professeur ?

– Pietro. »

Elle était maligne, Maria, que je croyais alors s'appeler Sara Trovato. Nous discutions des heures en ligne, j'étais fascinée par la façon dont elle s'adressait à moi. Sans détour, exactement comme la demande d'amitié qu'elle m'avait envoyée.

« J'ai envie de discuter avec une fille de la génération après la mienne, d'échanger nos idées sur l'amour, le travail, les enfants, la société. J'ai eu ton contact par l'intermédiaire d'une amie commune. Serais-tu d'accord ?

– Tu es née en quelle année, Sara ?

– En 1961. Et toi ?

– 1984.

– Tu as presque l'âge de ma fille.

– Pourquoi ne discutes-tu pas avec elle ?

– Parce qu'entre mère et fille c'est difficile. Cela t'ennuie ?

– Non, je n'ai pas d'amies de ton âge.

– Merci pour le "de ton âge".

– Je voulais dire que cela me fait plaisir justement parce que je n'en ai pas. Que fais-tu dans la vie, Sara ?

– Je suis photographe, et toi ? Si, je sais, Rita me l'a dit : tu es économiste.

Ainsi commença notre amitié virtuelle. Elle n'était pas insistante, elle laissait passer des jours entiers sans m'écrire. Nous nous lisions, nous mettions des « j'aime » l'une à l'autre, nous partagions et lisions mutuellement nos publications. Elle attendait plutôt que ce soit moi qui passe dans l'interface des messages privés. Rita, notre amie commune, avait ouvert un restaurant nippo-brésilien près de la porte Garibaldi. Aux murs étaient dessinés des palmiers tropicaux et des cerisiers en fleur, la rencontre entre deux peuples éloignés, réunis par la cuisine. Les serveurs portaient des chemises hawaïennes. Pietro m'y avait amenée parce qu'il savait que j'aimais le poisson cru, et il m'avait présenté Rita.

« Elle est née à Livourne, a vécu à Rome et s'est finalement installée à Milan après vingt ans passés au Brésil. »

Rita m'avait serré la main et souri, lançant à Pietro un étrange regard ironique qu'il lui avait rendu. Elle nous avait donné une table tranquille, à côté de deux ibis roses empaillés aux becs amoureusement entrecroisés. De temps en temps, elle nous regardait de loin. Elle avait des cheveux gris qu'elle ne teignait pas et de magnifiques yeux verts. Elle portait des vêtements et des jupes longues qui couvraient son corps plantureux.

– Tu la connais depuis longtemps ? lui avais-je demandé.

– Oui, depuis l'université. Elle ne l'a pas terminée, elle a commencé à voyager, elle a exercé de nombreux métiers et puis elle est devenue cuisinière au Brésil. À l'époque de l'université, elle avait un appartement dans le centre de Rome, à Trastevere. Elle était la première à habiter seule et son appartement... disons qu'elle le prêtait à ses amis.

– Tu y allais toi aussi ?

Il avait acquiescé en riant.

– Avec tes petites copines ? Même quand tu étais marié ?

– Non, quand j'étais marié, la plupart du temps, je rentrais chez moi le soir. Et puis elle était au Brésil.

J'avais secoué la tête, en pensant à ces mots : « la plupart du temps ». Il avait lu dans mes pensées.

– Allons, Elena, je te parle de l'époque de l'université. Je restais parfois dormir chez elle parce que je n'avais pas envie de rentrer chez mes parents.

– Avec Rita, vous avez été amants ?

Il avait éclaté de rire.

– Mais non, je ne me souviens pas... C'est peut-être arrivé un soir, mais nous étions si jeunes, nous sommes amis.

Je n'avais pas noué de véritables liens d'amitié avec Rita à cause de cette incertitude entre amour, sexe et amitié qui la rattachait au passé de Pietro. Cependant, un jour où il était à Bruxelles, je m'étais rendue seule au restaurant et nous avions parlé de caïpirinha et de son Brésil. Elle avait fui sa famille et son compagnon détraqué avec un enfant en bas âge.

« C'était une autre vie, entièrement distincte de celle que j'ai vécue au Brésil et de celle d'aujourd'hui. Je n'ai aucun souvenir de moi lorsque j'habitais avec mes parents, ou avec le père de mon fils. C'est comme si tout était embrumé. Certes, je planais un peu à cette époque, mais ce n'est pas pour cette raison... En débarquant à Rio, mon fils dans les bras, j'ai compris pour la première fois que j'étais dedans jusqu'au cou, mais j'étais moi-même, comme si tout mon passé était celui d'une autre. »

Au Brésil, elle était tombée amoureuse d'un Japonais, elle avait appris le portugais et la cuisine, elle avait ouvert une *pousada* à Salvador de Bahia. Puis elle avait quitté le Japonais (qui lui avait appris à faire les *temakis* à la sauce brésilienne) et son fils désormais adulte. Selon la théorie du microchimérisme masculin, Rita et moi avions sans doute l'ADN de Pietro en commun, comme peut-être toutes les filles avec lesquelles il avait couché chez elle, la femme qui partageait son lit durant ses voyages d'affaires et qui sait combien d'autres encore connues au cours d'autant d'autres vies. Je regardais ses cheveux gris rassemblés en chignon sur la nuque, ses yeux verts, ses mains couvertes de bagues. J'aurais pu lui poser des questions sur la femme de Pietro. Je me souviens toutefois d'avoir pensé, comme une prémonition, qu'il était très important de ne pas savoir. Mais lorsqu'une certaine Sara Trovato m'avait contactée par son intermédiaire, il ne m'avait pas traversé l'esprit qu'elle aurait justement pu être Maria. Qui aurait pu l'imaginer ?

Rita allait et venait depuis la cuisine.

« Ton fils est resté au Brésil ?

– Oui, il a suivi un cours de gestion d'entreprise et il m'a remplacée à la *pousada*.

– Il ne te manque pas ?

– Nous nous écrivons et nous nous voyons au moins deux fois par an. Bien sûr, Salvador et la *pousada* me manquent aussi, mais quand une expérience est terminée, elle est terminée. »

Il y avait eu un moment de silence, elle m'avait regardée avec ses beaux yeux et j'y avais entrevu l'étincelle d'une pensée. Entrevu sans comprendre. Un sillage vert lumineux, un feu d'artifice silencieux au-dessus de nos têtes, comme si nous étions des saintes auréolées. Ou bien des sorcières. Je crois maintenant savoir de quoi il s'agissait : « Quand une expérience est terminée, l'est-elle véritablement ? » Pas pour tout le monde. Pas pour Maria : elle avait dû faire ma connaissance pour en terminer véritablement avec Pietro. Et Rita avait voulu l'aider, en lui parlant de moi, en l'encourageant à m'écrire « pour la convaincre que c'est un cliché de penser que la différence d'âge entre un homme (son ex) et une femme (moi) s'explique toujours de la même manière ». C'est alors qu'avait germé en elle la dangereuse idée de nous mettre en contact.

J'étais retournée la voir au restaurant après ma rencontre avec Maria, pour lui demander des comptes. Elle avait allumé une cigarette. Elle réfléchissait à la question que je venais de lui poser.

« Pourquoi lui as-tu dit de m'écrire ?

– Pour te connaître et ne plus être obsédée par toi.

– Et comme ça vous m'avez mêlée à cette histoire ? »

Elle avait poussé un soupir, exhalant la fumée.

« Mais, ma chère Elena, tu étais déjà en plein dedans, c'est juste que tu ne le savais pas. Tu croyais vivre le conte de fées de la jeune fille et de son professeur qui s'aiment, et c'était effectivement le cas, mais pas seulement. »

Pour qui se prenaient-elles ? Des femmes sages et d'âge mûr qui avaient vécu de nombreuses expériences durant des années extraordinaires ? Deux femmes pour lesquelles l'amour n'avait pas de secret ?

« Que veux-tu dire ? lui avais-je demandé d'un ton brusque, prête à m'en aller aussitôt comme je l'avais fait avec Maria.

– Qu'il est toujours possible de tout recommencer à zéro, je suis championne en la matière, mais il subsiste toujours quelque chose, comme lorsque l'on adopte un enfant. »

Je l'avais fixée du regard.

« Que l'on aura beau l'aimer beaucoup plus que ses parents biologiques, il ne peut pas oublier qu'ils ont existé, il ne faut pas qu'il l'oublie d'ailleurs. L'adoption est une épreuve : parvenir à aimer malgré la présence d'autres personnes. On n'y parvient pas toujours. Une femme, jeune, qui rencontre un homme après une longue existence avec une autre, c'est pareil, elle doit savoir que l'autre existe, qu'il est impossible de s'en défaire. Parler de "nouvelle vie" est une erreur et il est tout aussi faux de penser que la différence d'âge s'explique toujours de la même manière.

– Qui es-tu, une sorte d'oracle de l'amour ?»

Lorsqu'elle souriait, deux fossettes asymétriques se creusaient sur son visage rond.

« Un oracle qui avait tout faux. »

Je m'étais levée.

« N'en parle pas à Pietro s'il te plaît.

– En quoi Pietro serait-il concerné ? » m'avait-elle demandé.

Avec Sara Trovato, nous ne nous écrivions pas souvent au début. C'était toujours moi qui reprenais contact avec elle.

« Bonjour Sara, comment vas-tu ?

– Bien, et toi ? Que fais-tu ?

– Je suis seule ce soir parce que Pietro est à Bruxelles. »

Elle avait mis un peu de temps à répondre.

« Il y va souvent ?

– Trois ou quatre jours par semaine.

– Et tu te sens seule lorsqu'il est là-bas ? »

Je disais à tout le monde que non, que j'étais très contente de rester un peu tranquille, de voir des amis de mon âge, nous avions bien le droit de passer du temps chacun de notre côté. Pietro était d'accord, mais chaque fois qu'il partait, il m'appelait fréquemment pour contrôler où j'étais.

« À dire la vérité, oui, je me sens un peu abandonnée, même si je sors quand il n'est pas là, ne va pas croire le contraire, mais peut-être parce que c'est lui qui part, qui s'en va, et j'ai toujours l'impression de le saluer sur le pas de la porte et de l'attendre. Oh excuse-moi de te raconter ça, à toi. »

J'imagine maintenant qu'elle a dû rire sous cape.

« Mais je ne me sens pas abandonnée, moi, je n'ai jamais eu ce sentiment.

– Ah, je croyais...

– Trois années se sont écoulées depuis que nous nous sommes séparés, mais je ne me suis pas sentie abandonnée à l'époque non plus. Je l'aurais plutôt dit de lui. Bizarre, non ?

– Explique-moi.

– Eh bien, tu sais, j'ai découvert de manière très banale l'existence d'une autre. J'ai toujours pensé qu'il n'y avait aucun mal à avoir une aventure ou deux. J'en avais eu une moi aussi avec un jeune assistant. Des histoires sans lendemain, mais pas cette fois-là.

– Je ne suis pas d'accord.

– À quel sujet ?

– Au sujet de la fidélité.

– Es-tu fidèle à Pietro ?

– Bien sûr, et je ne supporterais pas qu'il ne le soit pas. »

En relisant à présent notre dialogue, j'imagine qu'elle m'avait trouvée bien naïve.

« Peut-être que je me berce d'illusions...

– Mais l'illusion est le principe de l'amour, m'avait-elle répondu.

– Que veux-tu dire ?

– Oh, je ne voudrais surtout pas te perturber. Tu dois vivre ton histoire, comme j'ai vécu la mienne.

– Raconte-la-moi, pourquoi vous êtes-vous séparés ?

– Il ne vaut mieux pas.

– Pourquoi ? »

Il y avait eu un silence.

« Chaque histoire est différente des autres, c'est toi qui l'as écrit.

– D'accord, en ce cas tu ne pourras pas me perturber, puisque je sais que cette histoire est uniquement la tienne. »

Un autre silence.

« D'accord, je t'envoie quelque chose que je lui ai écrit il y a des années, une lettre, dans un moment de crise, longtemps avant la rupture. Mais je t'en supplie : garde-la pour toi, ne la montre à personne.

– Et à qui pourrais-je la montrer ?

– À ton Pietro par exemple.

– Ne t'inquiète pas, les histoires d'amour ne l'intéressent pas.

– Les histoires d'amour n'intéressent pas Pietro ?

– Non, comme la plupart des hommes… Il lit surtout des livres d'histoire, d'économie, d'espionnage, d'action. Mais envoie-moi la lettre, vraiment, cela me fera plaisir de la lire. »

Sara

Mon amour, cette nuit, je ne dors pas, je n'y arrive pas. Je suis allée border les enfants dans leurs chambres et emmener Francesco aux toilettes, avant qu'il n'inonde son lit. Qui sait quand il arrêtera de tremper ses draps toutes les nuits ! Le mistral souffle et la mer monte. Tu dors et tu ronfles paisiblement, mais je sais que tu fais des cauchemars qui t'accompagnent jusqu'au réveil. Parfois tu décides de me les raconter. Tu es encore enfant, tu erres tout nu à la recherche d'une cachette ou bien tu essaies en vain d'escalader un mur sans chaussures ni points d'appui. Tu rêves toujours d'efforts à fournir pour te hisser à la hauteur de quelque chose. De quoi mon amour ? Nous en avons parlé tant de fois, ta mère était si exigeante et ton père toujours en voyage, comme toi. Tu as été un fils aîné qui portait le poids de la solitude et du malheur de sa mère. Ton frère a échappé à ce sort. Et pourtant tout ce que je sais de ton enfance et de ta jeunesse, que j'ai partagée, ne me permet pas de pénétrer dans tes cauchemars. Peut-être est-ce une part inconnue même de toi. Est-ce que je me trompe ? Ce soir nous avons eu une dispute, cela nous arrive de plus en plus souvent et nous n'y sommes pas habitués. Sur la terrasse, face à la mer en cette nuit d'août, je me remémore le début de notre histoire. Nous nous sommes connus jeunes. Qu'est-ce qui attire un homme et une femme à cet âge ? Je pense qu'entre nous c'était l'excitation de fonder un foyer entièrement différent de celui que nous avions connu. Je ne sais pas si je t'attribue des projets qui, au fond, n'étaient pas les tiens, tu répondais toujours aux miens : *Formidable, lançons-nous !*

Les femmes comme moi bâtissent autour de l'homme qu'elles ont choisi, elles dressent une liste de choses à faire, des endroits à visiter ensemble, elles réorganisent leur existence et même leurs pensées selon la vie à deux. C'est peut-être une erreur. Beaucoup de mes amies le disent, elles me reprochent l'énergie que j'avais lorsque je t'ai rencontré, et aussi ma tendance à prendre les devants. Mais elles ignorent comment nous faisons l'amour tous les deux, comment nous l'avons fait tout de suite, dès le début, alors que nous avions peu d'expérience et que tu étais terrifié à l'idée d'être trop rapide. Combien de discussions avec les amis et d'ouvrages lus pour te « documenter » ! Des livres et des journaux qui traitaient de sexualité féminine, de vagin, de clitoris. C'étaient des années de grandes découvertes autour du corps féminin et tu voulais être à la hauteur. Nous n'avons jamais parlé de sexe. *On ne peut pas en parler*, me dis-tu toujours et tu as raison. Cette nuit, je le mets par écrit uniquement parce que je pense que c'est ce qui a fonctionné tout de suite entre nous. Puis nous avons expérimenté ensemble des moments, des saisons, des manières de le faire. Tu te souviens quand on essayait de pratiquer les positions du *Kamasutra* sans vraiment y parvenir ? Mais pour moi, notre amour est né dès nos premières fois, tout imparfaites qu'elles étaient. Je te regardais me caresser. Ton visage, qui était le même que lorsque tu parlais, riais, raisonnais sérieusement, était appuyé contre mon corps, et j'en découvrais la facette la plus intime, celle qui me semblait destinée à moi seule. Puis la journée, lorsque tu étudiais, travaillais, et plus tard, lorsque nous nous levions la nuit pour les enfants, que tu leur donnais le biberon ou que nous nous disputions, ton expression durant ces moments me revenait soudain à l'esprit et notre lien ressurgissait dans les moments difficiles comme la proue d'un navire au beau milieu des vagues. Je n'ai jamais cru en l'amour romantique, mais en l'amour charnel oui. J'ai couché avec des hommes, pas beaucoup – tu le sais, j'étais jeune lorsque je t'ai rencontré –, et il ne s'agissait que de distraire le corps. Je sais que je pourrais y trouver du plaisir encore aujourd'hui. Mais avec toi, dès le début, j'ai fait l'amour avec deux hommes : celui que je connaissais et l'autre, un homme abandonné et mystérieux. Je cherchais sa trace la nuit, et le jour dans ton regard perdu dans des pensées que tu n'as jamais partagées. Je m'en accommodais, et le mystère m'excitait même, c'est de cette part d'inconnu que je suis tombée amoureuse. Est-ce de là que viennent tes cauchemars ? Est-ce de là que viennent les tensions et les incompréhensions, parce que, au fond de moi, j'ai envie de me l'approprier ? Je ne veux pas trop « théoriser », comme tu me le reproches. Tu me dis : *Je ne sais pas quoi te répondre quand tu m'accuses : je n'ai pas fait telle chose, je n'ai pas pensé telle autre, tu ne le sais pas toi-même. Qu'est-ce qui t'énerve dans ces moments où tu ne me supportes pas ? Une tension périodique, presque physiologique. Maintenant je m'y attends, avant je pensais qu'elle était liée à ton cycle menstruel.*

Je pourrais te donner une version similaire et inversée. Je t'attaque pour te faire sortir de ta tanière, et toi tu t'y réfugies toujours plus profondément, dans le silence, le ressentiment, et tu fermes la porte. En vacances, c'est si évident ; le travail nous tient éloignés, et chaque soir les retrouvailles sont heureuses. Ici nous sommes face à face et tu fuis mon regard, pourquoi ?

L'autre soir, fatigués après une discussion sans but, tu as éclaté. *Tu veux savoir pourquoi « je fuis ton regard » comme tu dis ?*

Non, je ne voulais pas le savoir, je redoutais ta réponse. J'aurais voulu revenir en arrière, loin dans le passé, lorsque nous nous découvrions et n'en savions pas encore autant l'un sur l'autre. J'aurais voulu fermer les yeux et les rouvrir devant notre dernier enfant qui te ressemble et qui fixe, émerveillé, avec tes yeux le monde qu'il ne connaît pas. Tu as fini par me dire : *Tu me regardes comme si tu savais déjà tout de moi et tu me juges pour des fautes que je n'ai pas commises. Ma mère faisait pareil.*

J'avais pensé à notre enfant, et toi, à ta mère. Toi tu étais l'enfant et moi j'étais ta mère ? Est-ce ce qui arrive lorsque deux personnes finissent par trop se connaître ? Est-ce une fatalité ou bien est-il possible de l'éviter ? Je vois d'ici ton visage quand tu liras cette lettre nocturne : agacé et attendri. J'analyse trop, je cherche à tout comprendre alors que tu aspires au silence et à la tranquillité. Comment allons-nous nous en sortir, Alberto* ? Dois-je effacer de mon esprit tout ce que je sais déjà ou crois savoir de toi ? Devons-nous retourner à une sorte d'Éden, comme aux premiers jours ? Et comment faire ? Ne vaudrait-il pas mieux essayer d'affronter ensemble cette agressivité mutuelle pour comprendre d'où elle vient, ou bien devons-nous au contraire l'ignorer et nous taire comme toi tu le souhaiterais ?

Sara

* Si j'avais été plus attentive, j'aurais remarqué qu'elle avait oublié de resserrer les espaces en remplaçant le nom de Pietro, plus court, par celui d'Alberto.

Trois

La première lettre adressée à Pietro qu'elle m'avait envoyée, je la connais désormais par cœur. Lorsque je l'avais reçue avant de rencontrer Maria, je l'avais parcourue rapidement. Mais depuis que nous nous étions vues à la fête et qu'elle m'avait donné rendez-vous au café à Milan, je l'avais lue à de nombreuses reprises et chaque détail m'avait blessée : la nuit d'août, l'enfant endormi, la tête de Pietro appuyée contre son corps.

Maintenant que tout appartient au passé, elle me fait l'effet d'un lointain appel à l'aide placé dans une bouteille et livré à la mer. Ce pourrait être le mien, ou celui de n'importe quel couple. Un jour, sur une plage de Sardaigne, un nageur avait trouvé une bouteille avec un bref message : *Gloria et Matteo s'aiment*, assorti d'un cœur tout tordu.

Quand je l'avais reçue, il m'avait semblé, avec l'arrogance de mon âge, avoir déjà tout compris. La pauvre, elle cherche des raisons alors qu'il n'y en a pas. Ils se sont mariés jeunes, ils ont eu deux enfants, et leur mariage est arrivé à expiration, comme tous les mariages passés quelques années. Le désir s'amenuise sans raison particulière, comme ça, ce sont des choses qui arrivent. Avec Pietro, j'ai l'avantage de la différence d'âge, c'est moi qui n'aurai plus envie de lui en premier.

Je répondis à Maria des phrases pleines de banalité, mais je lui révélai le grand secret de mes parents. Je ne sais pas pourquoi, je n'en avais parlé presque à personne, pas même à Pietro. Peut-être était-ce pour la consoler avec un cas familial plus dramatique que le sien.

« Une nuit, j'avais quinze ans, je ne me sentais pas bien et je suis allée dans la chambre de mes parents. Ma mère était réveillée, elle écrivait dans un cahier vert. Mon père dormait et ronflait. Pietro ronfle aussi.

– Ah oui ? Et comment fais-tu ? m'avait-elle demandé.

– Je ne fais rien de particulier, j'ai le sommeil profond, je ne l'entends pas. Je me suis réveillée une fois au milieu de la nuit et j'ai découvert qu'il ronflait. Le tien ronflait aussi ?

– Bien sûr. J'ai fini par ne plus le supporter et j'ai mis des bouchons d'oreilles : ç'a été le début de la fin.

– Vraiment ? Raconte.

– Toi d'abord. Alors tu es entrée dans la chambre de tes parents, ton père ronflait et ta mère écrivait dans un cahier vert.

– Oui, elle notait tout dans des cahiers, les choses à faire, les courses, les échéances. Elle le gardait dans sa table de chevet. Ce soir-là, elle m'a donné une aspirine et m'a renvoyée au lit. Le lendemain, je n'ai pas résisté.

– Tu as ouvert le cahier.

– Oui. Sur une page, à côté d'une liste (acheter pain, lait, jambon, fruits, payer les amendes), il était écrit que mon père aimait les hommes, il le lui avait avoué. J'ai fermé le cahier, en proie à la confusion, je ne voulais rien savoir de plus. »

Il y avait eu une pause.

« Ça te laisse sans voix, n'est-ce pas ?

– Pas du tout, des histoires comme ça on en voit partout, à la télévision et dans les films, on change de préférences sexuelles, les hommes et les femmes font des expériences en tous genres. Je pensais à toi et à ce qu'on fait d'une telle découverte à quinze ans.

– Je ne me souviens pas des mots exacts, mais il était impossible de se tromper, de croire qu'elle parlait d'amis de mon père par exemple. Il était écrit noir sur blanc qu'il couchait avec des hommes.

– Et qu'as-tu pensé ?

– J'ai vu mon père faire l'amour avec un inconnu, sans même vraiment savoir comment. J'avais quinze ans.

– Ta mère ne t'en a jamais parlé ?

– Jamais. Mais j'ai toujours soupçonné que les choses n'allaient pas très bien entre eux.

– Pourquoi ?

– Il n'a jamais su se montrer agressif à son égard, même si bien souvent il aurait eu toutes les raisons de l'être. Elle le faisait vraiment suer, elle entrait dans le moindre recoin de sa vie, elle contrôlait tout, elle le secouait, elle le grondait comme un enfant. Et lui ne disait jamais rien.

– Et alors ?

– Alors je pense qu'il avait une grande violence en lui.

– En quoi est-ce lié au fait qu'il couchait avec des hommes ?

– Je ne sais pas, je pense qu'avec une femme, il ne pouvait pas se permettre cette charge érotique toujours un peu agressive aussi.»

Un autre silence.

« Pourquoi est-elle restée avec lui ?

– Il a été contaminé au début des années 1990, les pires années du sida, et il est mort dix ans plus tard. Tu sais que je n'ai raconté à personne l'histoire de mon père ? Seulement à une amie de l'époque, parce qu'il fallait bien que ça sorte. Pour toute la famille, et même mon frère, mon père est mort d'une tumeur.

– Tu ne l'as jamais dit à Pietro ?

– Non, tu es folle, je ne lui dirais jamais.

– Pourquoi ?

– Eh bien, comme tu l'écris dans la lettre à ton ex, il y a tant de choses qu'il vaut mieux ne pas savoir dans un couple. Et moi je ne lui pose pas beaucoup de questions au sujet de sa femme et de ses enfants.

– Et il t'en parle, lui ?

– Non, de temps en temps, quand elle lui fait la guerre.

– Ah, elle lui fait la guerre...

– Et toi, tu fais la guerre à ton ex ?

– Un peu au début, plus maintenant.

– Quoi qu'il en soit, à partir de ce moment-là, j'ai lu tout ce qu'il était possible de lire sur l'homosexualité, au fond j'avais besoin de savoir qui était mon père. Et j'ai commencé moi aussi à écrire mon journal dans un cahier, comme ma mère. Je le choisissais toujours avec une couverture verte, je le cachais bien pour que ni mon père ni ma mère ne puissent soupçonner que je connaissais le secret pesant sur leur mariage.

– Et tu as fait la paix avec l'idée que ton père était un homosexuel en cachette ?

– Je dirais que c'était un fait plutôt qu'une idée. Faire la paix, non, comment aurais-je pu ? Mais je me suis mise à la place de ma mère et j'ai pris la décision de ne jamais devenir comme elle.

– C'est-à-dire ?

– Une femme qui croit tout savoir, qui contrôle tout et finit par perdre la seule chose qui compte.

– Quoi donc ?

– Le pouvoir de l'érotisme. »

Il y eut un silence.

« Pourquoi crois-tu qu'elle l'avait perdu ? Je veux dire, tu penses que ton père la désirait avant ?

– Je ne sais pas, mais je sais ce que recherchait mon père, et je le recherche moi aussi, c'est pour cela que je suis tombée amoureuse de Pietro.

– Tu n'imagines pas combien je suis curieuse de le savoir !

– Alors je vais t'envoyer un texte que j'ai écrit à vingt ans. C'est une lettre à mon père en train de mourir. Je ne l'ai jamais envoyée.

– Moi non plus, tu sais, je n'ai jamais envoyé la lettre que je t'ai fait lire à Alberto.

– Vraiment ? Nous sommes folles alors ! Nous écrivons des lettres aux hommes sans les leur envoyer.

– De toute façon, comme tu dis, ils ne s'intéressent pas aux histoires d'amour.

Elena

Cher papa,

Je t'écris cette lettre et j'aimerais tant avoir le courage de te l'envoyer. Aux yeux de toute la famille, tu es en train de te battre contre une tumeur, mais moi je connais la vérité. Tu as le sida, tu l'as attrapé dans l'un de ces endroits où les homosexuels vont en cachette. Je suis entrée dans ton monde secret, papa, parce que je voulais te chercher là où tu es vraiment toi-même. Je ne crois pas que tu n'aies jamais aimé maman ou que tu n'aies pas voulu avoir d'enfants. Tu as été un bon père, surtout pour moi. Saverio était plus attaché à maman et tu en avais de la peine. Tu voulais qu'il t'aide à laver la voiture, et tu le faisais marcher des kilomètres en montagne. Un jour, il pleurait à côté de moi qui te suivais sans broncher. Il murmurait : *Crève.* Et je lui ai donné un coup de coude.

Maman te soutient dans la maladie, même si je crois qu'elle a beaucoup souffert lorsqu'elle a découvert que tu étais plus attiré par le corps des hommes que par celui des femmes. Des corps. Je t'ai imaginé de mille manières dans ta seconde vie, dans une chambre d'hôtel, dans le recoin sombre d'un bar gay ou bien contre le mur d'une rue déserte. Le désir pour un corps semblable au tien et la répulsion pour celui de la femme: trop doux, accueillant, angoissant. L'excitation face aux muscles de l'autre, à ses fesses, à son sexe raide. Sur YouTube, je suis tombée un jour sur un très vieux film: la vie de Tchaïkovski mise en scène par Ken Russell. Je ne le connaissais pas. C'était la scène de la première nuit de noces du musicien homosexuel. Ce fut un choc, je l'ai regardée en boucle pendant des semaines. Dans le compartiment du train, ils s'enivrent, ballottés en tous sens comme dans une attraction de fête foraine. La mariée enlève son corsage sous les yeux terrorisés de son mari. Elle est magnifique, les épaules blanches, le sein rond. Perlée de sueur, elle l'embrasse, le serre contre elle, l'embrasse fougueusement. Lui n'est que dégoût. Sa bouche cherche à se soustraire au baiser, mais elle ne s'en rend pas compte. Elle ôte son jupon à lacets et il voit sous la jupe, entre ses jambes écartées, le trou noir prêt à l'engloutir. Il recule à toutes forces, les mains en avant pour le repousser. À la fin, la mariée est étendue sur le sol du compartiment, le visage caché dans l'ombre et le corps nu, blanc, brimbalant, sublime et obscène à ses yeux. J'ai juré qu'aucun homme ne me regarderait jamais de cette manière, que je ferais tout pour ne jamais ressembler à cette femme rejetée.

Tu m'as appelée Elena par amour de la culture antique, même les médicaments y puisent leurs noms, me disais-tu, et tu te tournais vers maman qui était médecin mais ne connaissait pas le grec. Et toi qui l'avais étudié, tu étais vendeur d'automobiles. Tu aimes tellement les voitures, j'ai hérité de ta passion. J'adore conduire moi aussi, je parcours des kilomètres sans m'en apercevoir. La pensée suit la route, elle se déroule librement sans lourdeur, sans angoisse. Un jour, nous avions rejoint maman et Saverio à la montagne. Tu es venu me chercher à l'université. Je n'avais encore que l'attestation du permis, mais je t'ai demandé si je pouvais prendre le volant et tu m'as tendu les clefs en souriant. Tu n'essayais pas de me corriger, tu n'avais pas peur. Une seule fois, tu as redressé légèrement le volant, ta main a effleuré la mienne. J'ai conduit des kilomètres et des kilomètres en silence. Nous n'avons pas échangé un mot. J'avais découvert ton secret et tout le trajet j'ai pensé aborder le sujet avec toi. En avais-je le droit ? Étais-je autorisée à te dépouiller à l'improviste de ta cuirasse ? Lorsque j'étais enfant, je me souviens que tu me lisais la mort de Patrocle, frappé au combat par Hector qui le désarme. Tu étais ému en lisant la douleur d'Achille à la mort de son ami. « À deux mains il prend la cendre du foyer, la répand sur sa tête, en souille son gentil visage[1]. » Je regardais le tien quand tu lisais, il souffrait d'une autre douleur. Je t'ai toujours senti ailleurs, papa. En un lieu sans communication avec notre vie de famille. J'ai repensé tant de fois à ces moments où tu me lisais l'*Iliade* et je me suis demandé si tu rêvais de vivre dans ce monde de fer, de feu et d'hommes. J'ai lu toutes sortes de textes sur le désir d'un homme pour d'autres hommes. Parmi ces lectures, *Le Banquet* de Platon est resté gravé en moi. Dans mon journal, j'ai noté certaines phrases : « Ce sont les garçons qu'ils aiment, et, par nature, ils ne prennent pas intérêt au mariage, ni à la procréation d'enfants ; mais c'est l'usage qui leur en fait une obligation : satisfaits cependant de passer leur vie tous deux ensemble, en célibataires. Ainsi donc, d'une façon générale, l'individu qui a ce caractère est aussi bien porté à aimer un garçon qu'à aimer un amant, toujours s'attachant à ce qui lui est apparenté[2]. » Ton désir existait ainsi depuis toujours, tandis que l'opposé, l'amour pour la femme et les enfants, était alors considéré comme un devoir. Cela me rassurait, cela te plaçait parmi les autres. J'ai imaginé ton corps maigre enlacé à celui d'un

1 Homère, *Iliade*, traduit par Paul Mazon, préface de Pierre Vidal-Naquet, Paris, Gallimard-Les Belles Lettres, « Folio », p. 374 (XVIII, 22). (*N.d.T.*)

2 Platon, *Le Banquet* (192b), traduit par Léon Robin, Paris, Gallimard, « Folio essais », 1973. (*N.d.T.*)

héros grec noir et puissant, tels qu'ils sont représentés sur les amphores. Je me souviens que tu me racontais le combat d'Achille et Penthésilée, la guerrière reine des Amazones, courageuse et forte comme lui. Tu levais toujours le visage du livre après qu'il l'avait transpercée de son épée et tu ajoutais : *Et peut-être est-il tombé amoureux d'elle au moment précis où il l'a tuée.*

Que voulais-tu dire ? Un jour, je te l'ai demandé. Tu as baissé ton regard vers moi, comme si tu te rendais soudain compte de ma présence, réalisant que je deviendrais une femme moi aussi. Tu m'as répondu, concis comme tu sais toujours l'être : *Ce n'est que l'une des versions du mythe.*

En te voyant avec maman, j'ai toujours pensé que si tu avais été fort comme Achille, tu lui aurais fendu la poitrine, comme sur le vase que j'ai vu au musée de Munich. J'étais en voyage avec des amies et je suis tombée sur la représentation de la mort de la reine des Amazones. Le visage d'Achille est dissimulé par son casque, ne ressortent que ses yeux brillants de fureur et peut-être de l'amour qu'il a découvert à cet instant, comme tu le disais. Penthésilée, le visage nu, à genoux, essaie d'éloigner son meurtrier de la main et l'observe par-dessous, sans peur. Ils se regardent avec intensité. Tu aurais dû me dire qui tu étais, papa. Le découvrir en lisant le cahier de maman m'a éloignée de toi. Je t'ai cherché dans les livres jusqu'à ce que je rencontre un garçon. Nous étions dans le même club de canoë sur les canaux de Milan. Je voulais avoir des jambes minces et musclées, des épaules larges et des bras puissants. Lui ramait dans l'équipe des hommes. Nous nous regardions presque sans nous parler. J'ai fait l'amour avec lui pendant quelque temps. Il partageait son appartement avec un ami, il avait des tatouages sur les bras et un au milieu du dos : une rose des vents. Tout le temps où nous sommes restés ensemble, je regardais mon corps et non le sien. J'étais terrorisée à l'idée qu'il me trouve flasque et grasse. Je contractais mes abdominaux, je me touchais la poitrine, elle était encore petite, heureusement, non large et généreuse comme celle de ma mère, peut-être pouvait-elle lui plaire. Plus tard, elle devait devenir comme la sienne. Je l'ai quitté, je ne me sentais pas belle avec lui. J'ai eu d'autres aventures, je me cherchais dans le regard des hommes, mais ils me renvoyaient une idée de moi que je détestais. J'ai alors compris que tout venait de toi, que tu m'avais aimée petite fille parce que je n'étais pas encore une femme. Ce n'était peut-être pas ce que tu ressentais, papa, peut-être tes sentiments à mon égard étaient-ils restés toujours les mêmes, mais notre complicité avait disparu à mes yeux. Ta main redressant légèrement le volant me semblait à présent un geste de refus. Il ne peut même pas me toucher, pensais-je, ni me regarder, ni me prendre dans ses bras. J'ai eu un jour une expérience avec une femme, mais je suis attirée par les hommes, comme toi. Je voulais qu'ils me voient comme une nymphe légère et fuyante, une fille éternellement juvénile.

Je voudrais que tu ne meures pas avant que je puisse te parler ou que je parvienne à t'envoyer cette lettre. Je voudrais que tu me racontes les cours de danse, ce qui t'a poussé vers maman, sa beauté lorsqu'elle était jeune. Je voudrais que tu me dises que je ne suis pas à tes yeux ce corps nu, sans tête, abandonné sur le sol d'un compartiment de train filant dans la nuit.

Elena

Quatre

Après notre échange de lettres jamais envoyées à mon père et à son mari, il y en eut beaucoup d'autres. Elle me parlait désormais d'elle et j'avais commencé à faire de même. Elle me racontait ses enfants, l'amour entre son ex-mari et elle, son travail, elle mettait en application son pari avec Rita. Maria soutenait que l'amour entre Pietro et moi ne survivrait pas au temps ni à la connaissance l'un de l'autre. Je pense maintenant que tel était son souhait. Rita était au contraire convaincue qu'une histoire n'a pas d'âge et dépend uniquement du couple qui la vit : le destin ne décide rien à l'avance, à condition que chacun soit capable d'accepter la présence du passé.

Après lui avoir envoyé la lettre à mon père, j'attendis un peu avant de lui écrire, je voulais qu'elle fasse le premier pas.

Un soir, alors que Pietro était absent, je lui demandai :

« Eh ! Tu as perdu ta langue ? Ma lettre t'a-t-elle troublée à ce point ? »

Elle me répondit immédiatement. J'eus le sentiment qu'elle était déjà devant son ordinateur.

« Je n'osais pas t'écrire, petite nymphe des bois... J'ai ressenti une grande tendresse envers toi.

– De la pitié, tu veux dire ?

– De la pitié ? Et pourquoi donc ? Tu es jeune, belle, tu as un travail, l'amour... Tu as même réussi à surmonter la découverte de l'homosexualité de ton père.

– Non, je ne crois pas que je la surmonterai un jour, mais je fais avec. Je n'y pense pas, je tâche de le voir comme un être humain parmi les autres, libre de ses choix. C'est juste que j'ai l'impression de ne pas avoir de père. Ou plutôt d'avoir un père dans une urne...

– Dans une urne ?

– Oui, ma mère la garde dans le salon. Elle sait qu'elle ne devrait pas le faire, mais ne se résout pas à disperser ses cendres. Elle ne sait pas où le faire. Il aimait marcher en montagne, mais je n'en suis plus absolument certaine maintenant. Je pense qu'il le faisait surtout pour se fatiguer, boire dans un refuge, dormir et ne pas penser. Il faudrait peut-être les verser sur une route, dans un lieu inconnu de nous. Ma mère dit qu'il aimait rester assis dans un fauteuil, regarder la télévision et s'endormir, c'est pour cette raison qu'elle la garde à cet endroit.

– Quel joli souvenir de lui !

– Mais comment lui en vouloir ? Si tu fermes les yeux, personne ne peut te parler, tu es libre de penser ce que tu veux…

– C'est ce que tu fais toi aussi avec Pietro ?

– Non, c'est lui qui le fait parfois… J'en frémis lorsqu'il ferme les yeux devant la télévision, alors je le réveille.

– Et lui ?

– Il ne se fâche jamais.

– Ah bon, il ne se fâche jamais…

– Non, au contraire, il est content, il me dit que je dois absolument le tirer du sommeil, que c'est un signe de sénilité et qu'il ne veut pas finir comme la plupart des vieux qui s'endorment devant la télévision allumée. Cela te surprend ?

– Oui, le mien était furieux si je le réveillais.

– Ah bon ? Lui aussi s'endormait devant la télévision ?

– Oui, il me disait que j'étais sadique, que je ne comprenais pas combien il était fatigué. À la fin, je ne le réveillais même plus, je me contentais de baisser le son de la télévision et le laissais somnoler… C'était le moment où j'avais décidé de mettre des bouchons d'oreilles.

– C'est vrai, tu devais me raconter… Tu disais que les bouchons d'oreilles avaient marqué le début de la fin.

– C'est ce que j'ai pensé après coup. Pendant des années, nous nous sommes disputés parce qu'il ronflait. Je lui disais que lorsqu'il était jeune, avant les enfants, il ne ronflait pas, que cela signifiait qu'il lui fallait changer sa manière de respirer. J'avais lu toutes les méthodes et nous les avons même mises en pratique.

– Comme le *Kamasutra* ?

– Oui, mais en moins amusant : dilatateur nasal, spray, oreiller orthopédique, une écharpe que je lui mettais tous les soirs sous le menton et jusqu'au sommet du crâne pour maintenir sa bouche fermée, un bracelet avertissant par un bip quand on est sur le point de ronfler… et beaucoup d'autres gadgets plus sadiques encore. Après une ou deux semaines, il ne voulait plus les utiliser.

– Le pauvre, je veux bien le croire…

– Pauvre de moi aussi qui ne pouvais plus dormir.

– Tu avais le sommeil trop léger.

– Cela arrive après la naissance des enfants, tu sais, lorsqu'on ne doit dormir que d'un œil.

– Mon Dieu, ça va m'arriver à moi aussi ! »

Un silence.

« Tu penses avoir un enfant avec Pietro ?

– Je ne sais pas, il a un certain âge, il n'est pas si vieux non plus. Mais il a trois enfants déjà grands.

– Et lui, il en veut d'autres ?

– Non. »

Je pense maintenant qu'elle a dû pousser un soupir de soulagement.

Elle avait répondu :

« Je comprends…

– Ce sera peut-être l'un des problèmes que nous aurons à affronter.

– L'un des problèmes ?

– La différence d'âge pourrait se faire sentir à la longue, comme le dit ma mère.

– Ta mère n'est peut-être pas contente que tu sois avec un homme plus âgé qui a déjà trois enfants.

– Non, cela lui est égal, au contraire, elle pense que pour que je me sente à l'aise, il me fallait un homme plus âgé que moi, elle le considère comme quelqu'un qui a des kilomètres au compteur, une sorte d'entraîneur en somme...

– Tu devrais le dire à Pietro.

– Tu es folle !

– Je plaisantais... Tu sais en revanche qu'on ne pourrait pas dire ça d'une femme ?

– Ah, je ne savais pas.

– Mais peut-être sommes-nous plus libres pour parler d'un homme... ah ah ah !

– Quoi qu'il en soit, ma mère pense que cela me fait du bien d'être avec lui. Je ne lui ai jamais parlé des difficultés que je rencontre avec les garçons de mon âge, mais elle l'a deviné. Tu sais comment sont les mères.

– Et comment sont-elles ?

– Comme elles se sont occupées de nous depuis notre naissance, elles voudraient aussi régenter notre inconscient.

– C'est joliment dit.

– Ta mère était comme ça ?

– Non, mais moi oui, peut-être.

– Vous êtes déjà au centre de notre inconscient : de ce point de vue, c'est difficile de le comprendre.

– Que tu es intelligente !

– Tu vois que Rita a raison, les hommes ne cherchent pas toujours des filles plus jeunes pour les mêmes raisons. Il ne faut jamais jurer de rien. Et les bouchons d'oreilles ?

– Il n'y a pas grand-chose à dire, dès que je les ai mis, j'ai retrouvé la tranquillité. Je n'entendais plus rien, même s'il se réveillait et arpentait la maison. Une nuit, j'ignore pourquoi, je les ai enlevés et je l'ai retrouvé dans le couloir. "Qu'est-ce que tu fais ?" ai-je demandé. "Je marche", m'a-t-il répondu. Et nous avons discuté.

– Mais comment est-elle, sa nouvelle compagne ? »

Un silence.

« Je ne sais pas, je te l'ai dit, je sais seulement qu'elle est beaucoup plus jeune que lui, rien d'autre. En tout cas, elle n'existait pas encore lorsque nous nous sommes séparés.

– C'est pareil avec Pietro, il n'a pas quitté sa femme pour moi, elle a découvert qu'il couchait avec celle qui l'accompagnait dans ses voyages d'affaires. S'est-il passé la même chose avec ton mari ?»

Elle avait aussitôt fait machine arrière pour ne pas éveiller mes soupçons.

« Non, je savais qu'il avait eu des aventures, mais j'en avais eu aussi. Elles étaient sans importance.

– Et maintenant, avec cette fille plus jeune, est-ce aussi une aventure sans importance selon toi ?»

Une pause.

« Je ne sais pas, c'est bien la question, c'est aussi pour cela que nous nous écrivons, non ?

– Parce que tu crois pouvoir découvrir la vie de ton ex à travers la mienne ?

– Un peu...

– Mais tu ne vas pas en souffrir ?

– C'est toujours mieux que de laisser libre cours à l'imagination.

– Et tu en as, de l'imagination ?

– À revendre ! J'observe les gens autour de moi dans la rue, dans les cafés, au restaurant, dans les bus, et j'imagine beaucoup de choses à leur sujet...

– C'est peut-être à cause de ton métier de photographe.

– Mais c'est aussi une obsession, tu sais. On finit par ne plus voir la réalité, parfois, on croit tellement à ce que l'on invente qu'on a l'impression de tout savoir de quelqu'un.

– Par exemple ?

– Au sujet de la petite amie de mon ex, j'ai imaginé des choses de ce genre : elle s'en est remise à lui, elle a joué le rôle de la petite fille ingénue qui a besoin d'être protégée par un homme, elle n'est pas sûre d'elle, mais elle veut aussi être aimée et regardée, elle recherche l'admiration, la sécurité, elle est sous le charme de son pouvoir, son expérience, elle se place sous sa protection comme un oisillon apeuré (et elle fait souvent semblant d'en être un). "Tu es mon roi, ton désir me fait perdre la tête. Je me vois au miroir de ton corps vieillissant qui désire tellement la jeunesse du mien."

– Pietro n'est pas si âgé…

– Je parlais de la petite amie d'Alberto.

– Oh, excuse-moi… J'ai tout mélangé.

– J'ai donc dit un jour à Rita que je voyais très bien comment cela se passait entre eux et que je n'avais pas besoin d'en savoir plus. Alors elle m'a parlé de toi qui es si différente du cliché que j'avais en tête.

– "Tu voyais très bien comment cela se passait entre eux." Et tu t'es mise à imaginer comment ils faisaient l'amour et à penser que, maintenant, il n'arpente plus l'appartement comme à la fin de votre mariage, mais qu'il dort profondément après avoir couché avec elle. »

Un silence.

« Pourquoi me dis-tu cela ?

– Parce que c'est ce qui se passe entre Pietro et moi, il est serein avec moi, il dort paisiblement, et il me dit qu'il ne faisait plus l'amour avec sa femme et qu'il souffrait d'insomnie.

– Ah…

– C'est toi qui as dit que tu voulais en savoir plus sur ma vie.

– Bien sûr.

– Et parce que moi aussi j'ai beaucoup fantasmé au sujet de mon père et de sa vie secrète. Je pense que l'imagination se déchaîne surtout à cause de la douleur et de l'exclusion.

– Tu as raison. Et toi, tu as déjà imaginé des choses au sujet de l'autre femme ?

– Quelle autre femme ?

– Sa femme.

– Bien sûr, un peu au début, mais, je te l'ai dit, lui n'en parle pas et ce qui s'est passé avec les enfants l'a rendu très malheureux. À dire vrai, elle ne m'intéresse pas, c'est une femme qui se fâche au moindre prétexte, qui a réclamé beaucoup d'argent et qui lui a rendu la vie impossible. J'ai vu ses photos sur Wikipédia : elle pose à côté de ses tableaux, aux vernissages, avec Pietro à ses côtés qui a l'air d'un condamné à mort. On dirait quelqu'un qui se donne de grands airs et le tenait sous sa coupe. »

Un long silence.

« Tu es là ?

– Oui, je suis là, c'est difficile de comprendre qui est cette femme à travers ses mots à lui, tu ne crois pas ?

– Tu veux dire que je ne connais qu'une version de l'histoire. Oui, c'est vrai, mais je connais Pietro. C'est un homme gentil et généreux.

– Je n'en doute pas, mais pense à ton père : qui le connaissait vraiment ?

– Mon Dieu, tu crois que Pietro a une double vie ?

– Non, je suis certaine qu'il aime les femmes.

– Comment peux-tu en être certaine ? Regarde mon père : marié, deux enfants…

– Parce que Pietro a tout de l'hétérosexuel type.

– Mais comment le sais-tu ? Je ne t'ai quasiment rien écrit à son sujet…

– Tu ne te vexeras pas ?

– Non.

– Une femme et des enfants dans sa jeunesse. En vieillissant, il cherche une fille jeune : plus cliché que ça… Le schéma classique de l'hétérosexuel.

– Tu devais bien finir par le dire. Je comprends… Un cliché aussi typique que celui de ta génération qui a voulu la liberté et se plaint ensuite de ne plus avoir d'hommes à ses côtés.

– *Touché* *… Tu as lu *Lolita* ?

– Non, j'ai vu le film.

– Certains passages de ta lettre m'ont fait penser au roman… Je te l'écrirai plus tard.

Quelle habile dissimulatrice, toujours à trouver des arguments pour justifier ce qu'elle savait de Pietro ! Nous commençâmes à nous écrire directement. Je lui demandai sa photo. Elle m'envoya le cliché d'une femme brune, maigre, un appareil photo autour du cou. J'appris par Rita que c'était la photo d'une de ses amies, celle qui lui avait inspiré son nom et sa profession. Ainsi, avec deux photos falsifiées, elle avait créé l'ex-couple

* En français dans le texte. (*N.d.T.*)

Alberto et Sara. À l'origine, elle apparaissait aussi sur la photo aux côtés de son amie, mais elle l'avait coupée et développée de nouveau. En la regardant après notre rencontre, je me demandais si je ne me trouvais pas au beau milieu d'un complot féministe. Ce n'était pas impossible : d'abord le pari avec Rita, et maintenant cette amie photographe. Les femmes de la génération de ma mère étaient dures et engagées. Peut-être avaient-elles échafaudé un plan pour venger Maria, s'alliant pour punir le mari et la jeune traîtresse de la cause féminine. Ou alors elles voulaient faire mon éducation pour que je comprenne de quoi les hommes, tous sans exception, sont capables. Ces élucubrations grandissaient à mesure que je relisais ces lettres et nos échanges à la lumière de la vérité qu'elle m'avait dévoilée lors de notre rencontre au café.

Au cours d'une visite à ma mère, je lui parlai de Maria, de Sara Trovato et de notre rencontre. C'était la première personne à qui je racontais cela. Elle m'écoutait et l'urne entre nous semblait, comme d'habitude, partager nos conversations.

« Alors, qu'en penses-tu ? lui demandai-je à la fin.

– Pourquoi n'as-tu pas dit tout de suite à Pietro que sa femme avait voulu te rencontrer ? »

Elle avait le don pour poser la question qui fâche, elle avait suivi une psychanalyse pendant de nombreuses années, c'était compréhensible.

Je réfléchis à la réponse, avec elle il valait mieux penser à deux fois avant de s'exposer à un nouveau coup de poignard.

« Je ne voulais pas qu'il s'en prenne à elle. »

Elle avait souri.

« Tu es généreuse avec ta rivale.

– Ma rivale ? Je n'ai pas l'impression que ce soit ma rivale. Tu crois qu'il pourrait retourner auprès de sa femme ? »

Ma mère me faisait toujours perdre confiance en moi.

« Non, il est amoureux de toi, pourquoi ferait-il une chose pareille ?

– Alors pourquoi rivale ?

– Ton père (elle avait lancé un regard vers l'urne) te dirait de regarder dans un dictionnaire l'étymologie du terme.

– Maman ! Arrête !

– Va regarder s'il te plaît.

– Tu la connais, toi ?

– Ton grand-père, avant d'ouvrir la bouche, contrôlait toujours la définition et l'origine du mot dans le dictionnaire.

– Alors tu es tombée amoureuse de papa parce qu'il avait ce point commun avec grand-père ? »

Elle avait poussé un soupir, tandis que je pianotais sur mon téléphone.

« Peut-être bien.

– Rival vient de *rivus*, le ruisseau, celui qui partage avec une autre personne l'eau d'un même ruisseau. »

Je la regardai sans comprendre.

« Et qui serait le ruisseau ? Pietro ? Et elle et moi sommes deux pierres (Pietro, la pierre, quelle ironie) baignées par la même eau en deux points différents de son cours ? C'est ce que tu crois ? »

Elle avait acquiescé.

« C'est tout à fait ça. Et tu ne le lui as pas dit parce que cela polluerait votre amour. S'il apprenait que vous vous êtes écrit pendant un an, que tu en sais beaucoup sur son mariage, et que tu as confié tout autant de votre histoire à son ex-femme, tu ignores comment il réagirait. Il y a des choses qu'il vaut mieux ne jamais savoir. »

Je sentis la colère monter en moi, contre elle, contre Maria, contre les femmes de cette maudite génération. Elles pensaient tout savoir alors qu'elles avaient sapé jusqu'aux fondations de l'amour envers un homme. Pour la première fois, je donnais raison à mon père. J'avais du mal à respirer, je savais exactement ce qui allait se passer. J'attendais ce moment depuis que j'avais découvert la vérité. L'espace d'un instant, je pensai à l'image du ruisseau : la pierre qui bouge et dévale le cours en entraînant boue et détritus.

« Dis-moi, maman, toi qui comprends tout. Comment se fait que tu n'aies jamais soupçonné papa ?

– Que veux-tu dire ? »

Je ne sais comment décrire l'expression de son visage, un mélange de honte et de peur. Elle était devenue rouge comme une enfant surprise en train de voler. J'aurais voulu ravaler mes mots ou bien trouver un moyen de me rétracter, mais rien ne me venait à l'esprit. J'avais baissé les yeux, je ne pouvais pas la voir ainsi, vaincue et fragile ; je n'arrivais même pas à regarder l'urne contenant le personnage central de nos angoisses. Nous aurions dû disperser les cendres, oublier pour ne garder que la mémoire du mari et du père disparu trop tôt.

« À quinze ans… je l'ai appris dans ton journal intime. »

Il y eut un silence, puis sa voix me parvint de très loin, comme si elle n'était pas assise à côté de moi.

« Tu mettais ton nez partout, tout le contraire de ton frère qui était distrait et ne se rendait jamais compte de rien. Si je perdais n'importe quoi dans la maison, je te demandais de le chercher et tu trouvais toujours. Ça, on pouvait compter sur toi ! Je n'ai parlé de ton père qu'à mon psychanalyste et à un prêtre, je ne me sens pas prête à aborder le sujet ni avec toi ni avec ton frère. Je ne crois pas que Saverio soit au courant. Si je peux te demander une chose, je t'en prie ne lui dis rien. Pour lui, ce serait encore plus difficile que pour toi.

– Tu crois ?

– Oui. »

Je me levai et partis sans l'embrasser. Elle n'avait pas bougé de son fauteuil ; pour la première fois, elle ne me raccompagna pas jusqu'à la porte.

Nous ne nous vîmes pas pendant quelque temps. Et lorsque je revins chez elle des mois plus tard, l'urne n'était plus là. Ma révélation avait au moins servi à quelque chose.

Sara

Chère Elena,

Je n'ai pas réussi à te dire combien j'ai été troublée par la lettre que tu n'as jamais envoyée à ton père, surtout lorsque tu racontes la scène du film dans le compartiment du train. Ce corps blanc, magnifique, qui est pour lui obscène et intouchable. Et puis tes tourments de jeune fille contrainte à le rester éternellement pour pouvoir plaire. Comme je te le disais, cela m'a fait penser à *Lolita*, non parce que je t'identifie à l'héroïne de l'histoire, mais à cause de l'angoisse que tu as si bien décrite à l'idée d'être considérée comme flasque et grasse, ou comme une femme, tout simplement. Tu connais la trame du roman : l'homme épouse la veuve parce qu'il est séduit par sa fille de douze ans. À la mort de sa femme, il la tient sous son emprise sexuelle, puis la jeune fille s'enfuit avec un autre homme et il la retrouve dans un logement misérable, brisée, « blême et polluée[1] », mais il l'aime même dans cet état, épuisée et enceinte à dix-sept ans. Une femme précoce, réminiscence de sa splendeur passée, « un écho bruissant sous les feuilles mortes de la nymphette d'antan[2] ». Et il tue l'homme qui la lui a ravie.

Pendant la deuxième partie de notre mariage, je pensais qu'Alberto voyait toujours en moi deux personnes, la jeune fille que j'avais été et la femme que j'étais devenue, la mère de ses enfants. Ou peut-être ne l'ai-je compris qu'après son départ, avant cela je n'aurais pas su l'écrire de cette manière. C'étaient des sensations confuses. Moi aussi j'avais comme toi l'angoisse de grossir, surtout après les grossesses. Je mangeais très peu, je couvrais de maquillage les cernes dues aux nuits d'insomnie. Face au miroir, je contractais les muscles des jambes et rentrais le ventre qui m'était resté. J'avais recommencé à étudier, à faire de la photo, à m'occuper des enfants et de la maison, mais tout m'échappait. Alberto était souvent absent pour son travail, je couchais parfois les enfants dans mon lit. Lorsqu'il rentrait, je me sentais irritable. Je voulais me montrer accueillante et j'étais au contraire pleine de ressentiment parce qu'il m'avait laissée seule avec eux, parce que je

1. Vladimir Nabokov, *Lolita*, traduit de l'anglais par E. H. Kahane, Paris, Gallimard, « Folio », 1977, p. 443. *(N.d.T.)*

2. *Ibid.*, p. 442. *(N.d.T.)*

n'arrivais pas à travailler. Nous n'avions pas encore des discussions sans fin, je voulais qu'il me voie comme la jeune fille dont il était tombé amoureux, à l'époque où nous faisions tout ensemble, où nous nous endormions sous une tente en été, ou bien dans le lit de l'appartement que nous avions aménagé à peu de frais, avec les moyens du bord. Ma mère m'avait prédit : *Votre vie sera différente lorsque vous aurez des enfants*. Quant à mon père, il avait dit : *Dans une famille, il n'y a pas la place pour deux carrières d'égale importance*. Il ne fallait pas qu'ils gagnent. J'étais très désorganisée étant jeune, peut-être l'es-tu toi aussi. Je laissais traîner mes vêtements, j'étudiais et je grignotais au lit, et ma mère retrouvait des restes de nourriture et de la cendre de cigarette éparpillés par terre. La confusion me rassurait, je semais des traces* de moi partout. Mais à l'arrivée des enfants, le chaos s'était mis à régner à la maison et j'avais entièrement changé d'attitude. J'étais devenue une maniaque du rangement et jetais tout ce qui était superflu. Avant, j'avais l'impression de n'exister qu'à travers les objets éparpillés, il me semblait désormais qu'ils m'engloutissaient. Peu à peu, j'ai cessé de conduire. Tu aimes tant être au volant, et j'étais comme toi.

* Un mot qui aurait peut-être pu éveiller mes soupçons. Maria, la femme de Pietro, peignait des traces, des empreintes de pieds, des objets usagés et abandonnés.

La route se déroule comme un ruban sous les yeux, tu l'as bien décrit. On dévore des kilomètres et on se détache de tout. Mais désormais les voitures se jetaient contre moi sur l'autoroute, j'avais peur de doubler les camions, je confondais les panneaux de signalisation. Les enfants chahutaient à l'arrière. À la fin, seul Alberto conduisait pendant les voyages. Je dépendais de lui, pas seulement pour la conduite. J'avais peur qu'il ne m'aime pas assez, qu'il ait une maîtresse. Au fil des ans, Elena, j'ai perdu confiance en moi. J'ai mis cette fragilité dans mon travail et, incroyable, cela a fonctionné. Des revues ont acheté mes premières photos et mon nom s'est mis à circuler, les enfants avaient grandi, ils allaient à l'école. J'ai commencé à tenir tête à Alberto. Toutes les femmes le faisaient, d'une façon ou d'une autre, à cette époque. Je me suis « affirmée », comme disait Alberto. Il disait que mon visage, lorsque nous discutions, changeait d'expression, il devenait « méchant », « agressif ». Et je me détestais pour cette raison. Je détestais la manière dont il me voyait, j'aurais voulu redevenir la jeune fille qu'il disait forte et si douce. Mais ce n'était plus possible, j'étais une femme fragile, compliquée et contradictoire; il en éprouvait une grande déception et se refermait sur lui-même. Je le suppliais de parler, de me répondre. Il le faisait un peu, au prix de grands efforts, il ne croyait pas que les mots puissent être utiles, il détestait le conflit. Ou bien l'amour file naturellement, sans accroc, ou bien il se termine. Mais moi j'étais pleine d'accrocs, dedans et dehors, et il ne me désirait plus telle que j'étais. Alors que moi je me sentais attirée par ses changements physiques et psychologiques. Peu m'importait qu'il ait perdu ses cheveux ou qu'il ait du ventre. Ses silences m'irritaient, mais ne m'éloignaient pas de lui, bien au contraire, je m'y faisais prendre au piège comme un poisson dans le filet.

Il m'arrivait parfois de me laisser porter par l'insouciance, lorsque j'avais bu un verre ou deux, ou lorsque nous étions en voyage. Je l'avais accompagné une fois lors d'un déplacement à New York. Nous nous promenions main dans la main pendant des kilomètres sans ressentir de fatigue, sans échanger un mot. Nous allions au musée, nous mangions un sandwich dans le parc. Tout était redevenu simple. Le lendemain d'une soirée où nous avions un peu bu, je me suis réveillée dans la chambre d'hôtel. Il n'était pas à côté de moi. Il était sorti sans me laisser de message, son téléphone portable était éteint. Je suis sortie aussi. Je marchais seule, il ne me manquait pas. La ville avait changé d'aspect, il faisait froid, je mettais mes mains dans les poches pour les réchauffer, le ciel était vaste et d'un bleu intense. Des avions passaient sans arrêt. Le vent m'ébouriffait les cheveux, j'étais seule et je me sentais bien. Je n'avais plus peur de ce qui pouvait nous arriver. Je ne voulais pas savoir où il était allé et pourquoi il ne m'avait pas prévenue. J'étais parfaitement heureuse. J'ai pensé : *Si je peux me sentir aussi indépendante et confiante en sa présence, alors tout ira bien entre nous, nous serons heureux comme avant.* Je l'ai vu à l'angle d'une rue, non loin de l'hôtel, il se tenait à côté d'une femme, peut-être une collègue : debout devant un kiosque, ils discutaient et il lui tenait la main. Il nous arrivait à tous les deux de commettre des écarts, nous le savions sans jamais nous l'avouer. Mais regarder leurs mains, l'expression de son visage intense et sérieuse lorsqu'il lui parlait... ils rejouaient une scène déjà trop vue. Adossée au mur, je les ai observés jusqu'au baiser d'adieu. Je ne lui en ai jamais parlé, je craignais par-dessus tout les mensonges : ils rendaient tout retour en arrière impossible, pensais-je. Mais peut-être la scène dont j'avais été témoin l'aurait-elle permis. Je n'ai jamais pu me détacher de cette image.

Tu vas me dire que c'est parce que je suis possessive ou alors, comme tu me l'as si bien dit, que j'appartiens à une génération qui veut être libre et n'y parvient pas. Peut-être est-ce vrai. Au cours de mes élucubrations, je ne pensais jamais à lui, mais à la femme inconnue. Je rêvais d'elle la nuit, je cherchais à me souvenir de son visage, parfois elle me paraissait blonde, parfois châtain, belle, laide, grande, petite, maigre ou bien en chair. Et les yeux, comment étaient ces yeux avec lesquels elle le regardait ? Qu'avait-elle de plus ? Je me suis souvenue des livres à l'eau de rose de ma mère que, enfant, je lisais à la dérobée. Une collection célèbre. Ces histoires se répétaient avec des variations de lieux, de noms en général faussement aristocratiques. Toutes mettaient en scène une héroïne persécutée par une femme magnifique et méchante, à la chevelue flamboyante et au regard bleu-violet. J'imaginais une sorte de femme-chat prête à sortir les griffes pour séduire les hommes et les entraîner hors du droit chemin. Ma mère disait souvent du mal des épouses de leurs amis. Au moindre problème au travail ou en apprenant l'infidélité d'un mari, elle s'écriait aussitôt : *Le pauvre, je le comprends, avec une femme pareille* (elle ne la désignait même pas par son nom). Elle était toujours plus compréhensive envers les maris qu'envers les femmes. Tout était leur faute, elles les asphyxiaient, elles les persécutaient, elles leur ôtaient la liberté, elles ne les laissaient pas travailler. Ma mère s'occupait de tout le monde, de nous, de mon père, elle voulait être parfaite. Elle croyait aveuglément au dicton : « Derrière chaque grand homme, il y a une femme. » C'était sa mission dans la vie, et lorsqu'on lui disait que mon père avait eu beaucoup de chance de la rencontrer, elle devenait rouge de plaisir. Les autres étaient une menace pour son titre, des rivales pour la couronne de la reine des épouses. Peut-être lui ressemblais-je, même si j'avais tout fait pour être entièrement différente. La femme à la chevelure flamboyante et au regard bleu-violet restait cachée dans mon cœur, prête à être crainte et détestée.

L'autre femme

Mais l'idée de l'autre femme me hantait, j'étais toujours plus irritable, plus insupportable avec lui. Quelques années plus tard, nous nous sommes séparés. Rita a suivi toute notre histoire. Elle était l'amie de Pietro à l'origine avant que nous ne devenions très proches. Elle est à mes yeux l'incarnation de la liberté, elle est véritablement capable de tourner la page. Même si elle dit que ce n'est pas vrai et que c'est uniquement par manque d'imagination. Elle a bien de la chance ! Voilà, je t'ai raconté un échantillon des mésaventures d'une femme de ma génération, comme tu dis.

Sara

Elena

Chère Sara,

Je vais tâcher d'être sincère et directe avec toi, sinon à quoi bon s'écrire ? Dans ta lettre, j'ai reconnu beaucoup de traits du comportement de ma mère. Commençons par la fin : tu m'as demandé pourquoi ma mère n'a pas quitté mon père lorsqu'elle a découvert qu'il était homosexuel. Alors pourquoi n'as-tu pas quitté Alberto lorsque tu l'as vu avec cette femme ? Je ne sais pas ce que se sont dit mon père et ma mère après la révélation, je ne sais pas si ton histoire est comparable à la sienne. Peut-être est-il plus grave pour une femme de découvrir l'homosexualité de son mari que de le surprendre avec une autre. Je l'ignore. Elle s'est certainement sentie moins que rien, une sorte de mère pour son mari chez qui elle n'avait suscité que de l'affection mais aucun élan érotique véritable. C'est affreux. Mon adolescence a été assombrie par cette idée : devenir un jour une amie pour mon compagnon, une mère ou bien celle de ses enfants. Je ne suis pas certaine de vouloir des enfants, toutes mes amies partagent cette crainte. Pietro me dit que sa femme a changé après la naissance des enfants (le troisième, non désiré, est dyslexique), ta mère avait donc raison. Pourquoi n'as-tu pas échappé à la règle, Sara ? Vous avez su tout changer sauf le dévouement indéfectible à la progéniture, sa suprématie sur le couple. Aurait-il pu en aller autrement ?

J'ignore à quel moment ma mère a appris la vérité, je pense que mon frère et moi entrions alors dans l'adolescence. Elle était belle à cette époque, je t'envoie une photo de nous trois. Je la regarde, je lui trouve l'air fatigué mais elle est magnifique. Elle était de garde à l'hôpital, rentrait à la maison, nous faisait faire nos devoirs, s'occupait du dîner, puis de mon père. Elle voulait tout mener de front, comme tu dis. À quoi bon ? Pourquoi la compétition pour le titre de reine des épouses ne s'arrête-t-elle jamais ? Ma mère a pris soin de mon père jusqu'au bout. Que ressentait-elle ? Peut-être ce que tu décris dans ta première lettre : « Je sentais que j'étais à ma place à ses côtés, cette place que, plus jeunes, nous avions choisie. » La gardienne d'un foyer vide ou uniquement occupé par sa présence, ses activités, ses projets, sa volonté. Et lui ? Il était en déplacement, il s'arrêtait dans le club gay d'une ville et couchait avec un corps sans tête, alors qu'il aurait peut-être pu choisir un homme et l'aimer. Mais aurait-il vraiment pu le faire ? Et elle, aurait-elle pu aller de l'avant sans lui ? Non, elle ne parvient même pas à vivre sans l'urne dans son salon. Et toi, tu as découvert que ton mariage battait de l'aile seulement quand tu as ôté tes bouchons d'oreilles et que tu l'as vu arpenter votre appartement en préparant sa fuite. Les choses auraient-elles pu se passer autrement ? Je l'ignore. Je ne veux pas avoir l'air de juger.

Je ne crois pas que le problème vienne de cette femme aperçue à l'angle d'une rue, mais qu'il s'agit plutôt de vous deux. Lui, tu le dis toi-même, rejouait une scène trop vue et répétitive : la clandestinité, le sexe. Et toi, tu étais dans le rôle de Sherlock Holmes sur les traces de la femme aux ongles acérés des romans à l'eau de rose de ta mère. Tu m'as demandé s'il m'arrivait d'imaginer la femme de Pietro. Bien sûr. Je pense à tout ce qu'ils ont fait dans leur jeunesse, à leurs conversations, aux enfants, au tango de mes parents, et lorsque je l'entends parler au téléphone avec elle, notamment de leur troisième fils, je me sens exclue. Comment pourrais-je jamais partager autant avec lui ? Je ressens un manque, mais j'en ai peur et je n'en ai pas envie. Je préfère qu'il me regarde les yeux pleins de désir, après une caïpirinha préparée par mes soins. Sortir ensemble légers, sans responsabilités, si ce n'est celle de nos deux personnes. Je ne sais pas combien de temps nous pouvons continuer ainsi, je n'y pense pas. Peut-être n'as-tu pas apprécié la photographie que je t'ai envoyée. Nous étions dans un hôtel en Sardaigne, je prenais le soleil sur une chaise longue et il a pris cette photo. Il me dit qu'il la regarde quand il est à Bruxelles et pense : *Cette belle jeune fille souriante, en bikini, c'est la femme qui partage ma vie.* C'est peut-être peu de chose comparé à la profondeur de ce que tu as vécu, je le sais, mais pour moi qui ai connu le mariage de mes parents, c'est immense.

Elena

Cinq

Je m'étais montrée aussi dure parce que je me sentais menacée, même si je ne savais pas encore qui elle était. J'avais véritablement assimilé son histoire à celle de mes parents. Je n'avais plus revu ma mère depuis que je lui avais dit que je connaissais leur secret. Maintenant j'étais seule avec le mien, je n'étais pas retournée chez Rita non plus. Elle en savait trop sur Pietro, sur Maria et sur moi, et elle était, après tout, à l'origine de cette petite expérience.

Un soir, Pietro m'avait proposé d'aller dîner dans son restaurant.

« J'en ai un peu assez de cette cuisine fusion, avais-je répondu, je préfère un restaurant italien, un endroit simple. »

Il m'avait lancé un regard surpris.

« Je ne le savais pas, et depuis quand ?

– Les goûts peuvent changer, non ? »

Il avait déposé un baiser sur ma nuque avant de me répondre.

« Bien sûr. »

Il pleuvait dehors, nous étions en plein hiver et j'étais en train d'enfiler un imperméable rouge qu'il m'avait rapporté de Bruxelles.

« Il pleut tout le temps là-bas, alors ils essaient de faire abstraction du mauvais temps en mettant de la couleur dans leurs vêtements », m'avait-il dit en me l'offrant.

Il se tenait debout, les clefs à la main, tandis que je remontais la fermeture éclair.

« Comment est-ce que tu me vois, Pietro, comme une fille ou plutôt comme une femme ? »

Il avait éclaté de rire, je l'avais fixé du regard.

« Sérieusement, c'est important pour moi. Tu sais, il y a des choses au sujet de ma vie dont je ne t'ai jamais parlé. J'ai eu une adolescence compliquée. »

Il s'était appuyé contre le mur à côté de la porte d'entrée.

« Tu m'as raconté que tu adorais ton père et que tu avais eu avec ta mère les relations conflictuelles habituelles à cet âge. »

J'avais chaud dans mon imperméable. Pietro jouait avec les clefs. Le ruisseau, la pierre délogée qui roulait en emportant les autres m'étaient vaguement revenus à l'esprit.

« Depuis toute petite, je veux aller de l'avant, tourner la page et ne plus y penser, c'est pour cela que je ne t'ai jamais rien dit. »

« Tourner la page », l'expression que Maria avait employée en parlant de Rita. Je repensais à l'anecdote de la femme à l'angle d'une rue de New York. Pietro, celui-là même qui se tenait devant moi, s'adressait à elle, sérieux et amoureux, sous les yeux de son épouse dissimulée. Il tenait la main de l'inconnue entre les siennes. Je me sentais à présent comme cette inconnue, en nage dans mon imperméable rouge à l'entrée de notre appartement. Ce n'était pas la maison où il avait vécu toute une vie, vingt ans, où il avait fait l'amour, conçu les enfants avec Maria, où il avait parlé, ri, où il s'était disputé, où il avait dîné avec ses amis, regardé la télévision. Ce n'était pas cette maison-là, mais un petit appartement charmant, déjà en partie meublé, léger et coloré comme mon imperméable, aménagé dans le but d'oublier l'autre, sa pesanteur, sa complexité. Je me sentais soudain exclue de cette complexité, condamnée à être éternellement légère, jeune, heureuse. Cela n'appelait qu'un seul commentaire, celui de ma mère : « Il y a des choses qu'il vaut mieux ne jamais savoir. »

Pietro ne me regardait pas, il s'était assombri. Il avait une expression que je ne lui avais jamais vue, distante, agacée. La peur me noua soudain l'estomac.

Je l'avais pris dans mes bras en retrouvant la voix enjouée qui lui plaisait tant.

– Ne fais pas cette tête sinistre ! Sortons et je te parlerai un peu de ma famille, mais il n'y a pas de quoi s'inquiéter.

J'avais couvert son visage de petits baisers en fermant les yeux. Je savais qu'il me regardait, soulagé, ravi. Je ne lui révélai rien du secret de mon père.

Et ce fut lui qui, après ma rencontre avec Maria, me parla de son fils. Nous devions dîner au restaurant ce soir-là. Mais il était rentré de l'aéroport avec un visage fatigué, il avait vieilli de dix ans d'un coup.

J'étais allée vers lui.

« Tu es fatigué, restons manger à la maison. Je vais acheter quelque chose.

– Mais non, nous pouvons faire des pâtes au beurre.

– Il n'y a pas de beurre, ni même de parmesan... » avais-je timidement répondu.

Il avait poussé un soupir.

« Je vais en acheter, j'en ai pour une minute ! »

Il avait enlevé sa veste, sa chemise – son « armure », comme il l'appelait –, enfilé un T-shirt noir à manches longues et un jean. Il était beau dans cette tenue. Il me demandait toujours si les jeans ne lui donnaient pas l'air d'un vieux qui veut paraître jeune : « Tu sais, ceux qui les achètent un peu larges, à pinces... et qui les portent avec des baskets. Je ne veux pas avoir l'air de faire tout ça parce que je suis avec une fille de ton âge. »

Ce soir-là il s'était habillé machinalement, sans réfléchir.

« Qu'est-ce que tu as ? lui avais-je demandé.

– Mon fils...

– Lequel ? Qu'est-ce qui lui arrive ?

– Le dernier. »

Il ne me regardait pas.

« Tu sais, je ne t'en ai jamais vraiment parlé. Peut-être ai-je eu tort. »

Il avait baissé la tête, il cherchait le passant de sa ceinture. Je l'avais fougueusement pris dans mes bras.

« Mais tu dois tout me dire ! Que vaudrait notre histoire sinon, déconnectée du reste ? Viens t'asseoir, nous penserons au dîner plus tard. Dans son autobiographie, Keith Richards dit qu'il faut manger seulement quand on a vraiment faim ! Ce n'est pas mon cas, et toi ? »

J'avais réussi à lui tirer un sourire.

Avant de rentrer de Bruxelles, il était passé par Rome et il avait vu Maria pour parler de leur benjamin. Je savais maintenant que c'était celui qu'ils devaient réveiller la nuit parce qu'il faisait pipi au lit.

« Je n'étais pas entré dans cet appartement depuis très longtemps, ça m'a fait quelque chose.

– Quoi ?

– J'ai du mal à croire qu'il s'agisse du même endroit... Tout est resté comme à l'époque où j'y habitais, mais ce n'est plus chez moi. C'est comme voir tout à coup l'un de ses vêtements porté par quelqu'un d'autre.

– Je comprends... Qu'est-ce que Maria t'a dit au sujet de Francesco ? »

Il m'avait regardé, mal à l'aise.

« Ça me fait bizarre d'entendre leurs noms dans ta bouche...

– Pourquoi ?

– Tu disais plutôt *ta femme, ton fils*... Bref, c'est toujours la même histoire. Il reste bloqué à l'université, il a passé peu d'examens, il ne se lève pas le matin, il ne veut pas travailler, il ne va même plus chez le médecin qui le prend en charge depuis de nombreuses d'années.

– C'est peut-être à cause de sa dyslexie...

– Non, de ce point de vue il a été correctement suivi, il lit bien, même s'il est un peu lent, et il écrit. Petit, il était aussi agité, incapable de se concentrer... Il parlait tout le temps, il sautait partout. Il était très sympathique et adorable, en plus d'être très beau. Nous nous en sommes beaucoup occupés, sa sœur aussi. C'était le petit dernier de la famille. Sauf le frère aîné, jaloux de toute l'attention qu'il recevait. Puis à l'adolescence et à l'âge adulte, il est devenu catatonique... Maintenant, il ne sort presque plus de la maison. Peut-être l'avons-nous trop choyé.

– Et que dit Maria ? »

Il s'était soudain emporté, me répondant avec colère :

« Qu'il a besoin de moi ! Avant, elle soutenait qu'à chaque fois que nous déjeunions ensemble, il s'enfermait ensuite dans sa chambre et n'en sortait plus. Mais elle le dit exprès pour me faire culpabiliser, pour me gâcher l'existence.

– Je ne crois pas que Maria puisse utiliser le mal-être de votre fils contre toi. Ce n'est pas son genre. »

Il m'avait regardée de nouveau avec surprise.

« Qu'est-ce que tu en sais ?»

J'étais devenue toute rouge.

« Eh bien, d'après ce que tu m'en as dit... Elle ne m'a pas l'air d'être de celles qui utilisent leurs enfants pour faire du chantage.

– Au début, elle les a vraiment montés contre moi.

– Mais peut-être que c'étaient eux qui ne voulaient pas te voir... Elle a été une bonne mère, j'ai l'impression. Je veux dire qu'elle s'en est beaucoup occupée...»

Il s'était levé et marchait en long et en large dans la pièce.

« Et moi non ?

– Toi aussi. Mais surtout elle, quand même. Tu travaillais, tu es... tu étais souvent absent. »

Il s'était arrêté debout à côté du canapé où j'étais assise.

« Cela t'ennuie que je sois souvent absent ?

– Non, je ne parlais pas de moi. Nous n'avons pas d'enfants et je travaille toute la journée, la situation me convient très bien. Mais peut-être que pour elle, avec son travail, les enfants, cela n'a pas dû être facile de tout faire.»

Il me scrutait sans parler, j'avais détourné les yeux.

« Ta femme allait bien ? Elle était sereine ?

– En grande forme, peut-être a-t-elle trouvé quelqu'un.

– Ça t'embête ? »

Il s'était assis.

« Non, je suis content. Mais pourquoi sommes-nous en train de parler d'elle ? Je croyais qu'il était question de Francesco.

– Bien sûr, mais je te demande comment elle va parce que si elle va bien, tout est plus facile, pour lui aussi. Imagine qu'elle soit triste ou déprimée...

– Non, elle ne l'était pas du tout, bien au contraire. »

J'avais soudain pensé que Maria avait voulu me connaître précisément à cause de son fils. Pourquoi avait-elle souhaité me rencontrer en personne après m'avoir écrit pendant un an sous un pseudonyme ? J'avais quitté le café très vite, sans le lui avoir demandé. Je ne pourrais jamais raconter à Pietro ce qui s'était passé entre nous. À peine faisais-je mine d'en savoir un peu plus sur elle ou de prendre son parti, et il devenait soupçonneux.

« Si elle dit que Francesco a besoin de toi, alors tu dois le voir plus souvent. Tu peux lui dire de venir ici s'il veut, changer de ville pourrait lui faire du bien. »

Pour la troisième fois, il me regardait comme si j'étais folle.

« Et qui resterait avec lui ? Tu travailles toute la journée et moi je suis à Bruxelles la moitié de la semaine.

– Il fera sa vie, moi ça ne me dérange pas. Il peut loger chez nous quelque temps.

– Mais où va-t-on le faire dormir ?

– Dans le salon, comme ça il sera obligé de se lever le matin. Ensuite on lui trouve une chambre d'étudiant et il s'inscrit ici pour finir l'université ou alors il commence à travailler. »

Il semblait décontenancé. Étais-je allée trop loin ? Lorsque je lui avais dit qu'il n'y avait rien à manger à la maison, il avait soupiré. Je voulais lui montrer tout ce dont j'étais capable, même d'héberger son fils. Et peut-être voulais-je qu'elle le sache.

« Tu penses vraiment qu'il pourrait habiter ici ?

– Cela compliquerait un peu notre vie, bien sûr… mais c'est aussi ça, un couple, non ? »

Il suivait ce que je disais avec grande attention.

« Et puis il n'y a pas que l'attirance mutuelle, la liberté, il faut bien affronter aussi les difficultés ensemble. »

Je m'étais arrêtée net. Je voyais Maria me fixer d'un air ironique, assise à une table du café, enveloppée dans un nuage de fumée, la cigarette électronique aux lèvres. J'avais baissé les yeux.

« Bref, je pense en tout cas que tu dois le lui proposer, tu es son père et si elle dit que ton fils a besoin de toi… »

Il continuait à me regarder en silence. Il me rendait nerveuse.

« Pourquoi ma proposition te semble-t-elle aussi bizarre ?

– Tu es jeune, je ne voudrais pas…

– Si une femme tombe amoureuse d'un homme, elle l'accepte tout entier, et pas seulement en partie, tu ne crois pas ? Je veux dire, je n'ai pas envie que notre relation change, j'aime t'attendre lorsque tu n'es pas là et ne rien planifier, mais peut-être n'est-ce pas toujours possible. Tu m'as très peu parlé de Maria et je ne sais presque rien de tes enfants. Seulement qu'ils n'ont pas très envie de te voir. Et maintenant que le plus jeune te réclame…

– C'est elle qui le dit.

– Et pourquoi te le dirait-elle si ce n'était pas vrai ? Tu crois qu'elle veut se débarrasser de lui ?

– Oui, si elle a quelqu'un d'autre. Elle veut être libre.»

Il y avait quelque chose dans sa façon de me parler d'elle qui me dérangeait.

« Comme toi.

– Oui, bien sûr… et qui l'en empêche ?»

J'avais souri.

« Pourquoi souris-tu ?

– Tu es furieux… »

Il s'était levé de nouveau et faisait les cent pas à travers la pièce.

« Tu ne la connais pas. »

J'avais éclaté de rire.

Il s'était figé net.

– Mais pourquoi te moques-tu de moi ?

Je ne pouvais pas lui avouer la véritable raison. J'avais été soudainement saisie d'une envie irrépressible de les prendre tous les deux par surprise, elle et lui. Ils croyaient tout savoir.

« Parce que, Pietro, elle est certainement une femme normale, comme tant d'autres.

– Non ! »

Il avait repris sa marche frénétique.

« Maria est une conne, de celles qui jouent à être la femme parfaite, les enfants, le travail... pour te prouver que tu n'es jamais à la hauteur, que tu es un incapable. Elle déteste les hommes, elle veut les anéantir comme sa mère. Une femme formidable aussi celle-là ! Nous allions déjeuner chez elle : tout était tiré au cordeau, une maison impeccable... un repas parfait, même si elle lançait de ces piques à son mari ! Elle le nourrissait et le détestait tout à la fois... Elle est encore en vie alors que lui est mort il y a vingt ans ! Moi, finir comme lui, jamais.

– Je croyais que c'était la reine des épouses ?»

Il s'était retourné d'un coup. Je l'avais dit exprès, et non par étourderie. Je jouais avec le feu, mais cela m'amusait. Et Pietro n'avait pas très bonne mémoire.

« Mais qui t'a dit ça ?

– Toi-même, un jour... Tu sais, quand j'écrivais à cette femme qui porte le même nom de famille que la mère de Maria, Sara Trovato.

– Je ne m'en souviens pas.

– Tu m'avais parlé de sa mère exactement en ces termes : les déjeuners chez elle, tout parfait, mais tu en parlais différemment cette fois-là. Tu disais que c'était une femme admirable qui soutenait son mari en toute situation, tout le contraire de sa fille.

– Je ne m'en souviens pas du tout... ni de cette Sara Trovato ni de cette conversation sur mon ex-belle-mère.

– Tu avais une opinion différente de ta belle-mère mais pas de Maria. Pourquoi lui en veux-tu autant, Pietro ? Au fond, c'est toi qui es parti. Tu l'as même trompée et nous sommes ensemble maintenant... Pourquoi ressens-tu toute cette rancœur ? »

Il s'était assis de nouveau.

« C'est une manipulatrice... »

Il n'avait pas tort.

« Une manipulatrice ?

– Elle réussit toujours à te convaincre que c'est elle qui a raison. Elle parle d'elle-même comme si elle était une sainte très intelligente. Une femme qui a tout compris, la seule à éprouver les sentiments justes, la seule à aimer véritablement... Et tu es toujours un moins-que-rien face à elle. »

C'était peut-être vrai.

« Elle a toujours été comme ça ? »

Il y avait maintenant de la tristesse dans sa voix.

« Nous étions tellement jeunes lorsque nous nous sommes connus... Non, elle était différente, c'était une femme douce.

– Douce et forte. »

Il avait acquiescé.

« Exactement…
– Et puis elle est devenue compliquée.
– Comment le sais-tu ?»
J'avais poussé un soupir.
« Ce sont des choses qui arrivent.»
Je m'étais levée et j'avais mis mes bras autour de son cou, en couvrant son visage de petits baisers, sur les yeux, sur le front.
« Tout va s'arranger… »
Si j'avais pu, j'aurais fait machine arrière concernant cette idée d'accueillir son fils à la maison. De toute façon, pensais-je, Maria n'accepterait jamais de me le céder.

Avant son arrivée, j'achetai un canapé-lit et le plaçai dans un coin du salon, caché derrière un paravent. En rentrant de Bruxelles, Pietro était passé plusieurs fois à Rome afin de discuter avec sa femme du déménagement éventuel de leur fils. Maria avait accepté aussitôt, à condition que Francesco ait envie de venir passer quelque temps chez nous. Elle était d'accord avec son ex-mari (Pietro s'était attribué la paternité de cette idée) : il avait peut-être besoin de changer de ville. De toute évidence, je ne la connaissais pas, ou alors c'est lui qui avait raison, elle voulait profiter un peu de la vie.

J'avais passé plusieurs semaines seule. Je sortais parfois le soir avec de vieux amis de l'université, mais ils me paraissaient à des années-lumière de moi, ils parlaient de travail, d'histoires de cœur. Je m'étais même documentée sur la dyslexie et sur la méthode qu'ils avaient employée pour l'aider lorsqu'il était enfant. J'étais fascinée par la manière dont les dyslexiques perçoivent les mots en imaginant ce qu'ils désignent. Ils comprennent les termes les plus longs et les plus compliqués tant qu'ils peuvent leur attribuer une forme, et ils ont de grandes difficultés avec les termes plus simples qui servent à lier le discours. La méthode qui avait permis à Francesco de lire, d'étudier et de parler normalement, reposait sur l'idée qu'il fallait d'abord recréer les lettres en pâte à modeler pour les reconnaître. Il fallait en quelque sorte reformuler le langage en le ramenant à la matérialité des choses que l'on peut toucher et façonner. Pietro m'avait montré une photo de lui, il ressemblait beaucoup à sa mère. Il était grand et maigre comme elle, mais avec de grands yeux clairs comme ceux de son père. Un très beau garçon.

Tôt ou tard, avec Francesco chez nous, nous serions peut-être amenées à nous revoir ou à nous reparler. Prétendrions-nous que ce serait la première fois ? Ou bien serais-je contrainte de révéler à Pietro tout ce qui s'était passé entre nous ? Je pensais parfois qu'il aurait mieux valu la revoir seule et lui demander pourquoi elle avait souhaité me rencontrer. Au café, elle m'avait dit : « Pour être libre. » Elle serait bientôt une femme sans enfants à la maison, mais ce n'était peut-être pas de cette liberté qu'elle parlait. Je relisais les mails de Sara sur son mari, sur sa vie avec lui. Elle avait répondu à mon attaque. Une lettre dure. Il me semble maintenant qu'une éternité s'est écoulée depuis ce duel épistolaire.

Sara

Chère Elena,

Tu m'as donné une véritable leçon et je l'accepte. C'est vrai, avec les années j'ai développé une maladie ancestrale. J'ai commencé à ressembler à ma mère. Après la naissance des enfants, je suis devenue vulnérable et maniaque. J'avais en tête une copie exacte de la maison, de chaque pièce, de chaque objet. Au travail, je pouvais être assaillie par une idée soudaine : la fabrication d'un déguisement pour la fête de l'école, l'antibiotique à prendre à 7 heures ou encore le papier toilette à acheter. Tout était sur le même plan, comme si c'étaient des rappels automatiques envoyés par l'ordinateur. Je travaillais beaucoup et ne dormais presque plus. Alberto essayait de m'aider, mais il ne parvenait jamais à intervenir dans une organisation rodée sans lui. J'avais du mal à solliciter son aide. Nous finissions toujours par nous disputer. Il n'était jamais assez rapide. « J'aurais plus vite fait toute seule », telle était la conclusion de toutes nos disputes. J'étais dans une impasse : j'attendais de lui qu'il m'aide mais je ne l'aidais pas à m'aider. Il aurait dû comprendre et savoir de lui-même quoi faire. Mais là n'était pas le véritable problème. Sur le chemin de la maison, il faisait des détours, s'arrêtait boire un verre, téléphonait à des collègues ou peut-être à son flirt du moment. Ne le sous-estime pas : c'est un homme extrêmement intelligent, sensible, il nous aimait, les enfants et moi, mais il s'ennuyait. Je le harcelais verbalement pour le faire sortir à découvert, pour lui faire avouer qu'il avait la tête ailleurs, et il s'éloignait encore plus. Un jour, j'ai demandé à l'un de ses amis s'il lui arrivait la même chose, il m'a répondu : *Tu sais combien de fois j'ai pensé ne pas rentrer chez moi ?*

Tu me demandes pourquoi je ne suis pas partie lorsque je l'ai vu avec l'autre femme. Je pourrais te répondre que je ne pouvais pas vivre sans mes enfants ou que je ne les aurais jamais privés de père, mais ce n'est pas vrai. Parce que, comme tu le dis, ce n'était pas elle le problème, même si c'est ce que j'ai pensé pendant des années, me créant ainsi une terrible ennemie imaginaire. En réalité, je suis incapable de renoncer à l'affection accumulée au fil du temps, aux gestes répétés, à la connaissance l'un de l'autre, ou même à l'ennui, oui, même à cela. Exactement tout ce que fuyait Alberto, qui avait en prime peur de vieillir. J'avais été une jeune fille au tempérament aventurier, je voyais la vie comme une succession de changements et j'adorais les voyages. Je pensais que nous aurions tout fait ensemble, il était d'accord et nous avons pourtant fini par devenir un obstacle l'un pour l'autre. Lui voulait retrouver la jeune fille du début, et moi je voulais qu'il participe avec enthousiasme au monde merveilleux de la famille que j'avais créé. S'il ne voulait pas le faire de son plein gré, alors il fallait le prendre au piège et l'empêcher d'en sortir à tout jamais. Un jour, au cours d'une dispute plus violente que d'habitude, je lui ai hurlé entre mes larmes : *Où veux-tu donc aller ? Tu crois pouvoir encore séduire quelqu'un ? Tu es vieux et pathétique !* Et il m'a répondu : *Oui, je suis vieux et pathétique, et je rêve d'avoir à mes côtés une femme qui n'essaie pas de me piéger, qui soit souriante et ne cherche pas à m'anéantir !* J'ai jeté sur lui un cendrier qui l'a éraflé, ensuite j'ai désinfecté la blessure.

Elena, tu fais bien de ne pas vouloir d'enfants parce que c'est l'expérience la plus incroyable qui puisse t'arriver, mais il y a un prix à payer. Contrairement à ce que l'on pense souvent, il ne s'agit pas des efforts qu'ils demandent, ni du frein qu'ils seraient pour la carrière. Bien au contraire, les enfants te donnent un élan formidable dans le travail, je dois le mien à leur existence. Mais c'est parce qu'ils t'éloignent de la jeune fille en bikini, toujours belle et souriante, de la femme que Pietro veut à ses côtés jusqu'à la fin de ses jours. Peut-être son vœu ne sera-t-il pas exaucé parce que tu te lasseras avant ou bien tu ne voudras pas t'occuper de lui lorsqu'il sera vieux et que la différence d'âge ne sera plus un atout de séduction, mais dans tous les cas, renonce aux enfants, je te le conseille. Lui, de toute façon, il en a déjà trois, il veut de toi la jeunesse éternelle, recommencer à zéro. Comme dans le film *Un jour sans fin*, avant qu'il ne tourne au cauchemar. Tu te rappelles la chanson *I got you babe*, avec laquelle le pauvre type se réveille tous les matins de la même journée ? Elle disait : Nous sommes jeunes, mais nous ne le savons pas, nous ne le découvrirons qu'en grandissant… Mais peu importe, tant que je t'ai et que tu m'as.

Alberto regrettait beaucoup de ne pas être né cinquante ans plus tard : *Tu vas voir, ils vont découvrir l'immortalité ! Quel dommage…*

Sara

Six

Le soir précédant l'arrivée de Francesco, un événement survint entre Pietro et moi, inaugurant ainsi un nouveau chapitre de notre vie commune. Tout était prêt : j'avais posé sur le canapé-lit un set de serviettes de bain bleues toutes neuves, achetées exprès pour lui, ainsi que des draps une personne : nous n'en avions pas. J'avais installé une petite bibliothèque dans un coin et j'avais vidé un placard du couloir pour lui faire de la place. Il allait rester toujours vide. Francesco gardait ses vêtements – trois paires de jeans, quatre T-shirts, quatre caleçons, deux pulls et un blouson – soigneusement empilés sur son sac de voyage à côté du lit. Il n'avait pas pris de livre avec lui parce que, me dit-il, il comptait lire ceux que nous avions à la maison pour se faire une idée de nous. Pietro achetait surtout des essais et moi, qui n'en pouvais plus de la banque, des romans. Ainsi Francesco, un lecteur lent mais vorace à cause de sa dyslexie, alternait les deux genres, masculin et féminin.

La veille de son arrivée, nous étions en train de nous déshabiller, après un dîner à la maison comme nous en avions l'habitude depuis quelque temps. J'avais acheté *La Cuisine pour les nuls*, un livre qui proposait une trentaine de recettes à préparer en quinze minutes maximum. Je faisais les courses en ligne au bureau.

« Tout était délicieux, comment as-tu fait pour apprendre aussi vite ?

– À défaut d'être parfaite… »

Pietro me regardait en souriant.

« C'est vrai, je t'assure, lui racontais-je », c'était une obsession chez ma mère. Elle faisait tout elle-même, les pâtes fraîches, les gâteaux, les minestrones… Il ne faut pas venir se plaindre, après !

– Que veux-tu dire ?

– Elle ne peut pas venir se plaindre si ça tourne au vinaigre entre elle et son mari.

– Moi aussi je veux étudier *La Cuisine pour les nuls*, j'aime bien cuisiner.

– Tu peux peut-être l'emporter à Bruxelles… »

Il s'était approché pour me prendre dans ses bras.

« Je crois entendre de l'ironie…

– Si tu n'as pas appris durant toutes ces années… »

Nous nous regardions dans les yeux, les siens étaient clairs, le blanc légèrement strié de rouge.

« Tu as les yeux fatigués, tu as beaucoup travaillé ?

– Comme d'habitude, et toi ?
– Comme d'habitude. »

J'avais laissé échapper un soupir puis j'avais continué à me déshabiller. Il était très habile pour dégrafer mon soutien-gorge, une de ses manœuvres érotiques vieux jeu qui m'avaient séduite. Aucun garçon de mon âge ne le faisait encore, chacun se déshabillait tout seul. Mais la première fois que nous avions fait l'amour, je l'avais surpris moi aussi parce que j'étais intégralement épilée.

« Les femmes de ma génération s'épilaient les jambes, au mieux... et puis, avec le féminisme, elles ne s'épilaient parfois plus du tout, c'était considéré comme une contrainte imposée par les hommes.

– Je déteste les poils, à quinze ans je les ai tous enlevés. Aujourd'hui, même les garçons s'épilent les sourcils, les jambes... À bas les poils ! »

Tandis qu'il ôtait mon soutien-gorge, le laissait glisser par terre et me caressait lentement le dos, mes pensées s'étaient égarées et je me demandais comment nous ferions l'amour avec son fils qui dormirait dans le salon.

Il avait suspendu son geste.

« Tu n'as pas envie ?
– Non... je veux dire si, bien sûr... »

Il m'avait tournée vers lui en me regardant.

« Cela ne va rien changer entre nous, n'est-ce pas ? m'avait-il demandé.

– Non, pourquoi cela devrait-il changer quelque chose ? Nous serons toujours nous deux... toi et moi, qu'est-ce qui pourrait bien changer ? *I got you babe*, comme dit la chanson.

– Comment est-ce que tu la connais ?

– Elle est très connue, tout le monde la connaît ! »

Nous nous étions embrassés, et cette nuit-là fut notre dernière nuit de jeunes mariés en voyage de noces. Maintenant, ce souvenir, comme celui des caïpirinhas, de l'houmous et de tout le reste, me procure la nostalgie que je ressens aussi pour les beaux livres de contes illustrés que me lisait ma grand-mère lorsque j'étais malade.

Ne vous méprenez pas : j'aimais véritablement Pietro, il était tout ce qui m'avait toujours manqué, un homme beaucoup plus mûr que moi, expérimenté, intelligent, sensible (sa femme aussi me l'avait dit), il savait y faire et, surtout, il désirait les femmes. Peut-être aurais-je continué à l'aimer un nombre raisonnable d'années si n'était survenue une perturbation, au sens scientifique du terme (que mon grand-père aurait immédiatement cherché dans l'encyclopédie) : une modification du cours normal d'un phénomène ou du fonctionnement régulier d'un dispositif.

Sur la table de la cuisine, il y avait un magnifique dessin, un faon avec des taches blanches sur le dos, de grands yeux et des oreilles droites. Francesco était entré avec les clefs que je lui avais laissées au café du coin de la rue, il était en train de prendre une douche. Il avait déjà installé sa tanière derrière le paravent : le sac ouvert, les vêtements pliés, les chaussures bien rangées à côté du lit. J'avais ôté les miennes dans l'entrée et déposé les courses sur la table de la cuisine. Il sortit de la salle de bains tout habillé. Nous nous serrâmes la main.

« Bonjour, merci pour les clefs.

– De rien, tu as trouvé... je veux dire... »

Je rougis et il vint à mon secours.

« Tout est parfait, merci. »

Je ne savais pas bien comment entamer la conversation, je ne trouvais rien à lui dire.

« Papa... ton père rentre tôt aujourd'hui. »

Il acquiesça.

Je montrai le dessin sur la table :

« C'est beau... »

Il sourit, c'était certainement le sourire de sa mère parce qu'il ne ressemblait pas à celui de Pietro.

« C'est le Bambi du dessin animé. »

Je ne comprenais pas ce qu'il voulait dire.

« Sa mère est morte, son père demande au hibou de lui trouver une biche capable de l'élever. Le hibou lui répond que personne n'est mieux placé que son père et qu'il doit l'élever lui-même ». Il parlait lentement, les yeux un peu écarquillés : prenait-il des médicaments ? Son père ne m'en avait pas parlé. « Le cerf accepte finalement de le garder avec lui jusqu'au printemps. »

Quel âge pouvait-il bien avoir, vingt ans ou douze ?

« Jolie histoire... Je vais préparer le dîner.

– As-tu besoin d'aide ?
– Non, merci. »

Je me réfugiai dans la cuisine, je n'arrivais pas à être naturelle. Était-ce uniquement parce que c'était le fils de Pietro ? J'avais toujours éprouvé des difficultés à parler avec les gens de mon âge, sans parler des plus jeunes. Francesco avait quatre ans de moins que moi. Je sortis d'une main incertaine la sauce toute prête et la casserole pour les pâtes. Quel pouvait bien être son problème ? Pourquoi parlait-il de cette manière, et que signifiait ce dessin ? J'avais lu que les dyslexiques transforment les objets, ils les déplacent dans l'espace pour les regarder depuis différentes perspectives. Je fixai l'eau bouillonnante dans la casserole en essayant de l'imaginer du point de vue du robinet. La porte d'entrée s'était ouverte, puis refermée, les pas de Pietro, mais cette fois-ci il ne lança pas l'habituel : « Elena, tu es là ? »

J'entendis la voix du jeune homme qui allait à sa rencontre : « Salut pap'. »

Il l'appelait comme cela, sans *a* final, comme si c'était le chef du Vatican en personne. Il avait un regard d'un bleu extraordinaire, sans défense, difficile à soutenir.

Je rentrais plus tôt à la maison depuis qu'il était là. Au début, je retrouvais la maison bien ordonnée : sa tanière toute propre, le lit rangé, les vêtements pliés sur le sac. Les tasses du petit déjeuner lavées, les coussins du canapé bien alignés. Un jour, je n'avais pas eu le temps de refaire mon lit, il s'en était alors chargé. La femme de ménage qui venait deux fois par semaine m'avait dit de lui : « Un jeune homme bien élevé.»

Pendant notre premier dîner à trois, nous avions échangé des informations pratiques: que voulait-il faire ? Comment souhaitait-il organiser sa vie à Milan ? etc. Chaque fois que nous étions tous les trois, l'atmosphère était étrange. Il me semblait parfois que Maria s'était installée avec nous. Avait-il véritablement envie de continuer la psychologie ? Ou bien était-ce uniquement pour le diplôme ? lui demanda son père un soir. Il rougit, il aurait sans doute mieux valu éviter de lui poser ces questions devant moi. J'avais baissé la tête. Le regard de Pietro passait de l'un à l'autre comme si nous étions ses étudiants intimidés.

Francesco finit par répondre avec le même sourire que lors des explications sur Bambi: « Tu me disais toi-même que c'est important d'avoir un diplôme. »

Avec l'éloquence accomplie du professeur, Pietro lui expliqua que c'était vrai mais qu'il fallait au moins trouver une matière qui l'intéresse, sans quoi il ne l'obtiendrait jamais. En règle générale, je ne m'immisçais pas dans ces échanges père-fils, mais cette fois-là je me sentis son alliée: nous étions les jeunes et lui l'adulte qui avait réponse à tout.

« Ce n'est pas comme si on avait toujours une idée bien claire de la spécialité choisie à l'université. J'ai fait économie presque par hasard et, les premières années, j'avais envie d'abandonner. »

Pietro me regarda stupéfait :

« Vraiment ? J'ai toujours pensé que tu étais passionnée par l'économie.

– Disons que ça m'est venu progressivement… même si "passionnée" est un peu exagéré. »

Nous échangeâmes un regard complice avec Francesco et Pietro se sentit exclu, il répliqua sévèrement :

« Il est inscrit en psychologie depuis deux ans et il a validé deux partiels, un par an… Je ne crois pas que ce soit ton cas, lorsque je t'ai connue, tu enchaînais les examens. »

Il essayait de nous diviser : moi la bonne élève et lui le cancre. Je ne le laissai pas faire.

« Parce que je suis appliquée, j'ai le sens du devoir : c'est le stakhanovisme que je tiens de ma mère, rien à voir avec de la passion. Il vaut mieux se tromper de faculté et s'en rendre compte… Il vaut mieux se tromper tout court, ce n'est pas une grande qualité d'être toujours fort et cohérent. »

Le regard de Francesco allait maintenant de son père à moi, comme un instant auparavant celui de Pietro se posait sur nous deux. Une alliance fluctuante nous unissait à deux contre un et variait selon le sujet abordé. J'eus de nouveau l'impression que Maria était assise à table avec nous et qu'elle nous regardait d'un air ironique, nimbée de la fumée de sa cigarette électronique.

Le soir, nous chuchotions dans le lit comme deux conspirateurs.

« Il ne fallait pas lui poser la question devant moi, tu l'as humilié !

– Mais non, tu sais bien combien de fois nous en avons parlé... Il dit lui-même qu'il est nul.

– Il le dit, mais il en a honte.

– Tu ne le connais pas. »

Toujours le même argument, comme pour Maria.

« Alors explique-moi, toi qui le connais. »

Pietro baissa encore la voix.

« C'est un garçon intelligent, mais sans énergie, il ne se bat pas pour obtenir ce qu'il veut. Il a été choyé par sa mère à cause de sa dyslexie, il ne nous a jamais présenté de petite amie, il n'étudie pas...

– Mais il passe son temps à lire ! Il a déjà terminé deux de nos livres.

– Oui, d'accord, il lit. Mais il ne peut pas lire tout le temps...

– Et pourquoi pas ? Chez nous, c'est un peu comme s'il était en vacances... ou en année sabbatique, pour être un peu avec toi. »

Je lui avais raconté l'histoire de Bambi. J'avais mis le dessin sur le frigo, tenu par un aimant en forme de paquet de spaghettis, un cadeau gentiment moqueur de Pietro pour me rappeler de faire des courses de temps en temps.

« Un faon ! Un papa cerf... Il n'a pas dix ans, Elena, il en a vingt et un ! »

Sur le coup, j'avais pensé la même chose, mais la manière dont il l'avait dit m'avait irritée.

DE LA MÊME AUTRICE

Les Pages arrachées, *Verdier, 1995*
Passion de famille, *Verdier, 1997*
Sœurs, *Verdier, 1999*; *J'ai lu, 2012*
Matriochka, *Verdier, 2002*
La Bête dans le cœur, *Denoël, 2007*
Quand la nuit, *Grasset, 2011*; *Le Livre de Poche, 2012*
Lucy, *Grasset, 2015*; *Le Livre de Poche, 2018*
Être en vie, *Stock, 2018*; *Le Livre de Poche, 2020*
Quatre amours, *Stock*, 2020; *Le Livre de Poche, 2022*

brame lointain d'un cerf. En revanche, aucun bruit ne sortait jamais de la tanière du faon.

Francesco se souvenait de tous les événements de ses vingt et une années d'existence : dates, vêtements, lieux, avec la précision des images d'un film qu'il pouvait lancer à tout moment. Son handicap n'était pas la dyslexie, mais une extraordinaire mémoire débordante d'épisodes, qui ne lui permettait pas de se libérer de quoi que ce soit ni de qui que ce soit. Ou peut-être était-ce bel et bien la dyslexie qui lui avait donné cette capacité. Si je lui demandais comment il s'entendait avec sa sœur et son frère, il ne donnait pas de réponse abstraite, il ne disait pas je m'entends bien avec eux ou je ne les supporte pas, mais il racontait :

« Lorsque je suis né, ils allaient à l'école primaire. Je me souviens que je jouais aux Lego, assis par terre chez nous ; j'étais un formidable constructeur, tu sais. Sandra portait un blouson rouge et Tommaso un manteau bleu. Rouge et bleu, comme deux pièces de Lego. Je me souviens de la voix de maman qui disait : "Faites un bisou à Francesco avant de partir à l'école." Ils se penchaient vers moi et s'en allaient. Puis je les attendais. Quand je suis entré à l'école, ils étaient déjà au collège. Je ne jouais pas dans la cour parce que je les attendais. Parfois, ils venaient me chercher. Et puis je les attendais lorsqu'ils sortaient le soir et que je n'en avais pas encore le droit. Ils ont fini par quitter la maison et m'ont laissé avec mon père et ma mère qui se disputaient beaucoup. »

Il relevait les gestes, les détails avec la même précision. J'avais parfois l'impression qu'il fouillait partout. Si je cherchais le coupe-ongle, il disait avec assurance :

« Deuxième tiroir de la salle de bains. »

Pour se sentir à l'aise, il avait besoin de s'approprier l'espace jusqu'au moindre objet et il gardait tout en tête.

Un jour, j'étais rentrée pour payer la femme de ménage et je les avais trouvés dans le salon, en train de boire du thé avec des petits gâteaux. Elle s'était levée d'un bond et il s'était précipité dans la cuisine.

« Je vais prendre une tasse pour Elena. »

La jeune femme, qui venait d'avoir un enfant, m'avait regardé d'un air gêné.

« J'avais terminé mon travail, je voulais partir, mais il a insisté pour que je reste et que je lui montre des photos du bébé. C'est un garçon très sensible. »

Pietro n'était pas de cet avis. Nous nous disputions toujours au lit à son sujet, après une soirée tous les trois devant la télévision.

« Sensible, c'est ce qu'on dit des imbéciles, je ne veux pas qu'on le trouve anormal, il ne l'est pas. Il a surmonté sa dyslexie. Il faut qu'il se trouve une activité, les études ou un travail, j'en ai parlé aussi avec Maria. Il ne peut pas rester toute la journée enfermé ici à ne rien faire. »

De quoi se mêlait-elle à distance, celle-là ! Qu'elle profite de sa liberté !

« Pendant que tu seras à Bruxelles, je lui ai proposé de sortir, d'aller au cinéma ou de faire une promenade.

– Pourquoi précisément en mon absence ?

– Mais parce que ce n'est pas possible à trois, Pietro, il est mal à l'aise avec moi, toi tu es tendu et moi je ne sais pas quelle attitude adopter.

– Et que t'a-t-il dit ?

– Qu'il me remercie et va y réfléchir : cela fait très longtemps qu'il ne sort pas le soir, mais il me préviendra dès qu'il se sentira prêt.

– Prêt ? Prêt à quoi ? Ne va pas croire qu'il sortait plus souvent à Rome. Sa sœur le sollicitait, ses anciens camarades d'école aussi, mais, ces derniers temps, il ne décollait plus de la maison. »

Je l'avais pris dans mes bras, en le caressant sous le T-shirt avec lequel il dormait. Sa peau m'avait semblé soudain vieillie, son visage aussi. J'avais ressenti de la tendresse à son égard, et un peu de pitié.

« Tu voudrais le voir fort, Pietro, je comprends bien, mais il le deviendra si tu lui en laisses le temps, peut-être en suivant une autre voie que la tienne »

Au bureau, j'avais profité d'une pause pour rouvrir le document contenant ma correspondance secrète avec son ex-femme. Je me rappelais lui avoir un jour demandé de me raconter son expérience de la maternité.

Sara

Chère Elena,

Tu m'as demandé comment j'avais vécu la maternité. Quelle question difficile ! Je suis comblée et si c'était à refaire, je referais tout : faire passer les enfants avant mon diplôme, et même avant mon travail, au début. Je ne les ai jamais fait passer devant Alberto. Mais lui prétendrait le contraire. C'est là tout le problème. Nous n'avons jamais eu la même conception des enfants, bien que nous les ayons conçus ensemble. Peut-être est-ce normal, c'est un homme et je suis une femme. Sa liberté n'a jamais été entamée par leur arrivée. Naturellement, sa vie a été transformée, tout comme la mienne, et de ce point de vue je pourrais dire qu'il a été un père présent. Il les a véritablement désirés, il les regardait grandir, il répondait à leurs questions, il aimait partager certaines activités avec eux : aller à la pêche, sortir en mer, au cinéma, lire un livre le soir, parler de politique ou d'histoire… Il ne s'est jamais senti entravé par leur existence, moi oui. Je n'en étais pas malheureuse, au contraire. Certes, j'étais exténuée certains soirs ou alors l'amoncellement des choses à faire m'empêchait de dormir, mais la fatigue et l'insomnie me semblaient faire partie de la tâche. Le joueur qui s'est couché à l'aube est épuisé le lendemain, il se traite de tous les noms en se demandant ce qui a bien pu le pousser à agir ainsi, pourtant il est prêt à recommencer dès la semaine suivante. Nous voulions tous deux être des parents radicalement différents des nôtres. Nous n'avons réussi qu'en partie. Le père d'Alberto « parlait » avec lui, lui posait des questions sur l'école, le guidait, lui donnait des conseils. Ils s'effleuraient la joue pour se saluer, parfois ils ne se touchaient même pas. Lorsqu'il était petit, sa mère le mettait dans ses bras pour les prendre en photo, mais c'était elle sa patronne incontestée. Alberto, lui, les a fait manger, il leur a donné le bain, il les emmenait à la pêche, il jouait avec eux sans grand entrain, il les couchait, il se bagarrait avec eux, c'était aussi un père très physique. Notre génération était physique en tout, il fallait faire l'amour tôt, voyager, fumer de l'herbe voire pire. Nous partions camper, les jeunes étaient amis et amants sans distinction.

Notre gourou en matière d'éducation était Benjamin Spock, avec son livre *Comment éduquer et soigner son enfant*[1]. Je connais tous ses fameux

1. Traduit de l'américain par le Dr Victor Chevalier et Anne-Françoise Lambiotte, Paris, France Loisirs, 1980. (*N.d.T.*)

dix commandements : respecter l'enfant, se faire respecter de lui, être attentif à ses besoins émotionnels, peu de télévision, peu de compétition, ne pas être trop absorbé par sa propre carrière, penser plus à lui, ne jamais l'humilier, donner le bon exemple, ne pas avoir peur de lui manifester son amour. Puis Spock est en partie revenu sur ses positions en disant que nous avions peut-être exagéré en étant trop permissifs et qu'il fallait repenser les choses. Mais ce sont ses enfants qui ont révélé les écueils de sa révolution (car ce fut une véritable révolution, il y avait des choses formidables dans son livre), ses contradictions personnelles et aussi les nôtres, nous qui avions fait de son ouvrage un livre de chevet à consulter au moindre doute. Ses deux enfants biologiques déclarèrent que Benjamin avait été en réalité un père froid et lointain qui avait rendu la vie impossible à leur mère. La fille de sa seconde femme dit en substance la même chose. La troisième épouse, une féministe – sans enfants, je crois –, avait quarante ans de moins que lui, et portait un T-shirt arborant l'inscription : *Une femme sans homme, c'est comme un poisson sans bicyclette*. Peut-être était-il devenu masochiste avec l'âge pour rester avec une femme ayant une telle opinion des hommes, ou peut-être était-il tout simplement attiré par les quarante ans de différence.

Alberto s'adaptait aux nouveaux impératifs de la paternité et moi je tâchais de suivre ceux de la nouvelle manière d'être mère : leur laisser un peu de champ libre, ne pas être dirigiste, ne pas trop m'angoisser, ne pas me sentir indispensable, lâcher la bride, ne pas parler d'eux tout le temps, ne pas penser à eux au travail, fermer à clef la porte de notre chambre. En vérité, nous n'étions pas à la hauteur de nos belles idées. Nous avions l'impression d'être très différents de nos parents, mais, avec l'âge, nous leur ressemblions toujours plus. Lui ne pensait qu'à sa carrière, il était fuyant et volage, comme son père. Je travaillais et m'occupais de tout. De temps en temps, par dépit, j'avais une aventure, et je l'attendais à la maison, pleine de rancœur rentrée, comme ma mère.

Nos enfants ont eu une double éducation. Durant la première partie de leur vie, ils ont grandi dans une sorte de petit paradis : nus, libres, école Montessori, voyages, réunions de parents, partage, amour, paix, les dimanches tous ensemble dans le grand lit. Nous suivions le onzième commandement de Spock : la pédiatrie est politique. Durant la deuxième partie en revanche, ce fut comme s'ils avaient été chassés du jardin d'Éden : ils épiaient les discussions de leurs parents, les pleurs de leur mère, les absences de leur père. Nous les poussions à étudier, le monde extérieur était difficile, et il fallait se battre et gagner. Il parlait de femmes avec le garçon, je disais à ma fille d'être autonome, de ne jamais avoir d'enfants avant d'avoir terminé ses études, de ne pas se marier. Elle m'a dit un jour : *Maman, j'aimerais tellement avoir une maison avec un mari et des enfants, voyager tous ensemble en voiture comme nous le faisions avec vous, en chantant les chansons que vous nous avez apprises. Mais c'est un rêve qui me semble irréalisable.*

Sara

Sept

Il avait finalement changé de T-shirt, enfilé un jean propre et rabattu ses cheveux avec le peigne de son père. En rentrant du travail, je l'avais trouvé dans sa tanière, allongé sur le canapé-lit un livre à la main. Je n'avais pas envie de préparer le dîner, de répondre à ses questions sur le dernier livre pris sur les étagères de notre bibliothèque. Francesco mettait tout sur le même plan, essais sur l'économie ou la politique, romans d'espionnage, d'amour ou policiers, comme si c'étaient les chapitres d'une seule et unique histoire, la nôtre. Il lisait afin de se documenter sur nous.

« Salut », lui avais-je dit en passant la tête à côté du paravent.

Il s'était levé d'un bond.

« Salut ! Je ne t'avais pas entendue entrer. J'étais tellement absorbé par ce livre… »

Il avait brandi la couverture sous mes yeux.

« Quand l'as-tu acheté ? m'avait-il demandé.

– Comment sais-tu qu'il est à moi ?

– Pap' ne lit pas de romans. Alors, quand l'as-tu acheté ?

– Je ne sais pas…

– Tu devrais écrire la date et ton nom. Maman le faisait et pap' aussi du temps où ils étaient ensemble. Parfois, ils soulignaient des passages et je me demandais pourquoi ils avaient souligné telle ou telle phrase. J'en ai recopié beaucoup. Si on les lit toutes bout à bout, on comprend beaucoup de choses. »

J'étais lasse de ses bizarreries, de sa manière de parler, du fait qu'il ne sorte jamais et passe sa journée à fureter dans l'appartement.

« Et qu'as-tu compris ?

– Qu'ils se parlaient à distance, à travers les livres, mais sans le savoir. Moi je le savais.

– Et que se disaient-ils ?

– Pap' soulignait toujours des phrases précises et complexes, des raisonnements qui se concluaient par un point. Maman soulignait souvent celles avec un point d'exclamation, des phrases très profondes et intenses… comme lorsqu'ils se disputaient : pap' essayait de la calmer et elle s'énervait de plus en plus, tu vois ce que je veux dire ? Non, évidemment, tu ne vois pas, pap' et toi vous ne vous disputez jamais. Ou peut-être est-ce parce que je suis là.

Il s'était mis à rire.

« Écoute, Francesco, j'ai eu une journée difficile au travail.

– C'est moi qui prépare à manger alors.

– Non, nous sortons dîner avec des amis, ils sont sympathiques, je leur ai parlé de toi et ils ont envie de faire ta connaissance. »

Il me fixait en silence, puis il avait détourné le regard.

« Ce n'est pas que je n'ai pas envie de sortir, j'ai essayé de l'expliquer à tout le monde, moi aussi j'aimerais aller au restaurant, au cinéma, m'amuser… Lorsque j'ai pris le train pour venir ici, je me suis bourré de calmants. Mais si je sors avec toi et que j'ai une crise d'angoisse, qu'est-ce qu'on fait ?

– On rentre à la maison. »

J'avais parlé avec un filet de voix et m'étais laissée tomber sur le canapé.

« Qu'est-ce que tu as ?

– J'ai la tête qui tourne… je suis fatiguée. »

Il s'était assis à côté de moi et avait saisi mon poignet.

« Ton pouls est faible. »

J'avais retiré mon bras, mais il l'avait repris.

« Attends… »

Il avait activé le chronomètre de son téléphone portable : il tenait ma main ouverte sur la sienne, tout en cherchant mon artère avec l'index et le majeur de son autre main. Je la sentais battre sous la pulpe de ses doigts.

Il avait fini par pousser un soupir.

« Tu es au bord de l'évanouissement ! Ça te prend souvent ?

– J'ai une tension basse… Allez, Francesco, sortons ! Je ne veux pas te laisser, tu es déjà seul toute la journée.

– C'est mon père qui t'a dit de ne pas me laisser seul ?

– Non, je ne suis pas chargée de te surveiller, quand même ! »

Il me fixait du regard, il était tiraillé : il voulait me faire plaisir, mais il avait peur. Passaient dans ses yeux bleus des sentiments fugaces et contraires. Ses cheveux châtains bouclaient à la naissance de son front, son nez droit était légèrement arrondi à son extrémité, sa bouche était charnue.

« Est-ce que ta mère a déjà fait ton portrait ? »

Il avait rougi.

« Ma mère dessine des objets et des choses, tout au plus l'empreinte d'un pied ou d'une main… Faisons comme ça, je viens, mais si je ne me sens pas bien, je te fais un signe et on part tout de suite sous un prétexte que tu trouveras, d'accord ? »

Il me regardait maintenant avec un air malicieux.

« D'accord. Quel signe me feras-tu ? avais-je demandé en riant.

– Je ne sais pas, j'improviserai, mais je saurai me faire comprendre, ne t'inquiète pas. »

À la brasserie du quartier de Bovisa, on buvait mais on ne mangeait pas beaucoup. Nous étions ivres et tout le monde parlait à tort et à travers, sauf Francesco qui n'avait ni bu ni adressé la parole à personne. Dans un coin, un groupe de jazz rendait la conversation difficile. Il fallait crier pour se faire comprendre.

L'un de mes amis de l'université qui travaillait dans le design nous racontait comment le quartier ouvrier, aux usines chimiques désaffectées et aux hangars abandonnés, était devenu une pépinière d'idées nouvelles, d'expositions de design liées aux départements universitaires qui s'étaient installés dans les zones industrielles. Une autre de mes amies, une actrice de théâtre très jolie que Francesco regardait en coin, avait ajouté que la construction d'un théâtre était prévue à côté des anciens studios de cinéma de Milan.

J'avais donné mon point de vue d'économiste :

« Mais il faut encore assainir presque l'intégralité de la zone autour des réservoirs à gaz. Personne n'y met les pieds, il y a des terrains boisés et pollués par des métaux lourds, de l'arsenic, du cyanure, des hydrocarbures... Ma banque a financé pour la mairie une étude du coût que cela représenterait et il est très élevé... »

La conversation avait dérivé sur la pollution, sur le passé industriel et le prix à payer par notre génération. Le petit groupe était divisé entre ceux qui critiquaient le progrès et ceux qui, comme moi, essayaient de voir les avantages qu'il nous avait procurés.

« Les gazomètres ont permis d'éclairer toute la ville de Milan entre le début du vingtième siècle et les années soixante-dix. »

Nous continuions à vider des bières aux arômes différents qui finissaient par avoir toutes le même goût et à discuter.

Francesco avait dit quelques mots au début pour répondre aux questions *Tu es là combien de temps ? Qu'est-ce que tu étudies ?*

Puis il était resté silencieux.

À côté de l'actrice était assis son petit ami, un apprenti metteur en scène, réservé lui aussi, qui avait fini par dire :

« On a revu récemment *Rocco et ses frères*, certaines scènes ont été tournées à Bovisa, je crois. »

L'actrice l'avait aussitôt interrompu.

« Non, la plupart ont été tournées à Ghisolfa. »

Il ne s'était pas démonté et avait poursuivi :

« Le quartier ouvrier y apparaît tellement différent d'aujourd'hui, il a l'air magnifique en noir et blanc. »

L'actrice n'était pas d'accord.

« Oui, le film est beau, mais sous l'histoire qu'il raconte s'en trouve une autre qui intéressait bien plus le metteur en scène : tous ces hommes torse nu, moites de sueur, le pugilat, les aisselles, ils se battent et s'enlacent sur le lit… Avec la mère typique du Sud, tragique et vêtue de noir, qui les aime et leur pardonne tout. Et la prostituée qui tombe amoureuse des deux frères et les mène à leur perte. Toute une dimension homosexuelle masquée.

– Et alors, que veux-tu dire ? avait rétorqué son petit ami. Chacun exprime son propre monde à travers les images et, de ce point de vue, l'histoire est toujours un prétexte. »

Leurs voix s'étaient faites lointaines, j'avais la tête qui tournait à cause de la bière et de ces conversations qui ne me parvenaient plus que par bribes.

« Personne de cette génération n'aurait pu ne serait-ce que rêver raconter une histoire homosexuelle.

– Cette façon de représenter les femmes...

– La haine de la mère pour l'amante de son fils...

– Des figures féminines castratrices, toujours en pleurs...

– Mais il ne faut pas voir les classiques avec le regard d'aujourd'hui ! Il faut les replacer dans le contexte de leur époque... »

J'avais levé les yeux vers Francesco, le bar ondulait derrière ses épaules. Il me regardait, puis il s'était soudain levé.

« Excusez-moi, il faut que j'y aille. J'ai été malade et je ne peux pas me coucher trop tard. »

Il m'avait prise par la main, je l'avais suivi entre les tables et, dehors, je m'étais évanouie. Lorsque j'avais de nouveau ouvert les yeux, j'étais allongée sur un banc, au croisement de deux rues sombres, devant le portail délabré d'une vieille usine. Debout à côté de moi, il me regardait.

« Mon Dieu, je ne sais pas ce qui m'a pris, j'ai trop bu... Et nous sommes partis sans payer ! »

J'avais fait mine de me redresser, mais il m'en avait empêchée.

« Ne te lève pas comme ça, tu vas encore t'évanouir.»

J'avais envie de rire.

« Tu aurais dû faire médecine comme ma mère... »

J'avais les yeux levés vers lui: c'est moi qui aurais dû m'occuper de lui, les rôles s'étaient inversés.

« Allons-y, je vais bien, sinon nous allons rater le dernier métro. »

Nous nous étions mis en marche le long de l'enceinte du vieux quartier de Bovisa, sous les tours des deux gazomètres.

Francesco les regardait:

« Comment est-ce qu'ils fonctionnaient ?

– Ils contenaient le gaz destiné à la ville et aux usines, ils servaient à réguler la production selon une demande très variable. Le charbon arrivé par voie ferrée était ensuite distillé et purifié avant d'être stocké dans les gazomètres.

– Et maintenant ils ne servent plus à rien ?

– Peu à peu, le rendement du charbon a diminué et à la fin des années soixante ils ont tout fermé. Parfois, on les illumine, ils ont été peints, photographiés... Tu as entendu ce qu'on disait: il y a ici une activité artistique en ébullition, ils vont en faire un grand parc.

– Lorsqu'ils auront nettoyé ce qu'il y a en dessous... »

Il répétait ce que j'avais dit à table.

« Derrière ce mur... un jour, je suis venue à vélo, la végétation est si luxuriante qu'il est difficile d'imaginer à quel point tout est pollué en dessous. »

Je regardais ses baskets à côtés des miennes, noires, de la même marque.

Il avait décrété de sa voix étrange, traînante :

« La vérité est toujours cachée, il faut creuser pour la découvrir. Tu le sais bien, toi aussi, non ? »

J'avais souri.

« Je sais que tu restes à la maison toute la journée pour faire ton enquête sur nous. »

Il avait eu un drôle de rire étouffé.

« Ça t'embête ?

– Non, mais tu pourrais demander directement ce que tu veux savoir.

– Impossible avec pap', il ne parle jamais de lui… À toi, il te parle ? »

J'avais réfléchi quelques instants.

« Pas beaucoup, mais il est bien obligé parfois.

– Tu le forces ? »

Nous descendions les marches de la station de métro.

« Bien sûr que non ! Nous sommes ensemble ton père et moi et… disons qu'il est normal de parler de soi lorsque l'on est en couple. »

Je fouillais dans mon portefeuille à la recherche de deux tickets. La station était déserte. Une fois le tourniquet passé, nous avions pris l'escalier à pic, on pouvait entendre depuis le haut des marches le grondement du métro à l'approche.

Nous étions assis, en silence, dans le wagon vide. Je fus soudain saisie d'une peur irraisonnée. Sa jambe effleurait la mienne, sa main fine aux ongles rongés jusqu'au sang était posée sur son jean. Qui était-il ? Pourquoi Maria me l'avait-elle envoyé ? Sa voix traînante me fit sursauter.

« Tu sais, mon frère et ma sœur s'en sont sortis, mais moi je ne crois pas que je vais y arriver. »

Je m'étais tournée brusquement vers lui, éloignant un peu ma jambe de la sienne.

« Pourquoi dis-tu cela ? Tu vas t'en sortir toi aussi, comme les autres.

– Non, pas moi. Pap' et maman ont fait de moi ce que je suis, à cause de leurs discussions, de la violence...

– La violence ? »

Il avait hoché la tête.

« Oui, un jour il l'a même frappée, mais je le comprends, n'importe qui finirait par craquer : elle lui avait hurlé dessus toute la soirée... »

J'avais du mal à respirer, j'imaginais Pietro et Maria dans une chambre. Elle se protégeait avec les mains, allongée sur le lit, elle criait et il la frappait. À côté de la porte fermée, assis par terre, le petit garçon faisait pipi dans son pyjama, mort de peur. La même peur que celle que je ressentais en ce moment. Le compartiment voisin était désert comme le nôtre.

« Tu n'es pas le seul à avoir vécu une situation familiale difficile. Moi aussi j'ai une histoire compliquée. »

Il s'était tourné vers moi.

« Ah oui...

– Je n'en ai même pas parlé à ton père.
– Tu as bien fait. »
Je le regardais d'un air interrogateur.
« Pap' déteste les drames... Maman en raffole.
– Quels drames ? »
Il avait éclaté d'un rire rauque.
« Allez, Elena, ne fais pas l'innocente. Je suis content que tu sois avec lui, au moins, il aura quelqu'un à ses côtés lorsqu'il sera vieux. Mais pap' a toujours couché avec toutes les femmes qui ont croisé son chemin, même les plus quelconques et toujours de plus en plus jeunes... Mon frère et ma sœur disent qu' “ils font tous pareil”... et depuis toujours, j'ajouterais, il suffit de lire les romans... mais ce n'est pas ce qu'ils nous ont dit, eux.
– Et qu'ont-ils dit ?
– Qu'ils n'étaient pas comme les autres, que leur mariage était différent... que nous étions différents. Lorsque j'étais petit, nous faisions de longs voyages en voiture en chantant, j'étais parfaitement heureux... »
Chanter sur la route en voiture, le rêve de sa sœur. Son visage était pâle, il frottait le pouce contre l'index de sa main posée sur son jean.
« Si tu les avais entendus commenter les infidélités des autres, comme ils riaient ! Et comment ils parlaient de leurs parents... Moi, j'ai adoré mes grands-parents. Quand je suis né, ils étaient déjà très vieux, mais je n'oublierai jamais leur maison. Je m'y

sentais bien, même si je ne faisais rien de particulier. Mon grand-père me mettait sur ses genoux et nous regardions la télévision. Il y avait un petit Bambi de porcelaine sur un napperon, ma grand-mère me l'avait offert. Un ami qui venait jouer chez moi l'a fait tomber et une oreille s'est cassée. »

Je m'étais levée.

« Nous sommes arrivés. On descend. »

Il me suivait. Je pensais vaguement : tant qu'il parle, tout va bien. La rue que nous avions prise était aussi presque déserte. J'avais déjà eu Pietro au téléphone, je devais le rappeler avant de me coucher. « Tout va bien ? m'avait-il demandé lorsque j'étais encore au bar. Je n'ai pas à m'inquiéter ? » « T'inquiéter de quoi ? » Le groupe qui jouait derrière couvrait ma voix.

« Je ne sais pas, tu sais que Francesco est un peu spécial, tu t'en es bien rendu compte ! En tout cas, je suis content qu'il ait accepté de sortir avec toi. »

Je n'aurais pas osé l'appeler maintenant devant lui. Il marchait à côté de moi les yeux rivés au sol. Et je fus soudain prise d'un soupçon qui se mua en certitude.

« Pourquoi m'as-tu répondu "ah oui" lorsque je t'ai confié que moi aussi j'avais eu une famille compliquée ? »

Il y eut un silence, nous étions arrivés devant notre immeuble.

« Ma mère a une mauvaise habitude : elle enregistre tous ses mots de passe sur son portable. Je lui ai dit mille fois que c'est dangereux ! Si quelqu'un le lui volait ? »

Nous étions arrêtés face à la porte cochère, il avait sorti les clefs de la maison.

« Es-tu un voleur alors ? »

Il souriait.

« Je mène mon enquête, comme tu dis. Ah, j'ai oublié de te dire que la femme de ménage ne viendra pas demain. Son fils est malade. Il est très beau, tu as vu sa photo ? »

Je pensai alors qu'il n'était qu'un enfant et que moi aussi j'avais volé le cahier vert de ma mère pour savoir ce qu'elle écrivait.

À la maison, je m'étais assise sur le canapé, prête à lui tenir tête.

« Donc, tu as lu ce que nous nous sommes écrit ? »

Il avait acquiescé.

« Ta mère a rusé pour me contacter, tu sais, et puis elle est venue jusqu'ici pour me rencontrer. »

Il avait poussé un soupir.

« Ne va pas croire qu'elle est folle... enfin, elle l'est un peu, comme toutes les mères. Elle cherche toujours le pourquoi des choses, elle culpabilise et joue les victimes, mais ce n'est pas pour cette raison qu'elle a mené son enquête sur toi.

– Vous êtes une famille de détectives, on dirait. »

Il avait éclaté de rire. Il continuait à se frotter les doigts, mais ma plaisanterie avait fait son effet.

« Tu veux savoir pourquoi elle t'a écrit ?

– Tu le sais ?

– À mon avis, elle voulait le laisser libre, et être libre à son tour.

– Oui, elle m'a dit la même chose.

– Tu vois ! Et pour cela, elle devait te rencontrer, c'est tout.

– Et toi ? Pourquoi as-tu voulu venir ?

– Pour la même raison, je crois. La fin d'une chose marque toujours le début d'une autre, il faut savoir à quoi s'en tenir pour relativiser… Maman est encore seule, mais elle va finir par trouver quelqu'un et elle vivra elle aussi une nouvelle histoire. Même si, comme l'a dit quelqu'un au bar, l'histoire est toujours une excuse.

– C'est-à-dire ?

– Eh bien, comme le mariage de tes parents, votre maison, l'amour de ton père pour toi et sa vie cachée… Il faudrait avoir une vision d'ensemble, sans les jours qui se succèdent les uns après les autres et masquent les choses. Mon frère et ma sœur ne se souviennent de rien, ils ne se rappellent pas leurs premières années, ils ont en mémoire un amas désordonné d'événements, d'images. Ils ont bien de la chance, ce n'est pas mon cas. Je me souviens de tout, de chaque anecdote, c'est là mon problème. Les médecins qui ont soigné ma dyslexie, enfin, soigné… ils m'ont appris des méthodes pour lire et écrire. Ils m'ont dit que ma mémoire hors du commun est due aussi à la dyslexie. Mais c'est difficile de vivre en se souvenant de tout. À l'école, c'est ce qui me sauvait, je ne lisais pas, je n'écrivais pas, mais tout ce que l'on me racontait ou que je voyais restait à jamais gravé dans mon esprit. De quoi devenir fou. Je voudrais tellement guérir, prendre une pilule pour oublier les sensations, les détails… je voudrais être dans le présent, sans les obsessions, les pensées récurrentes, la nostalgie, la colère, l'angoisse. Tu comprends ce que je veux dire ? »

J'acquiesçais, il me faisait de la peine.

« Ils m'ont donné des pilules, mon angoisse s'est apaisée, mais la mémoire est toujours là, en éveil, elle ne cède pas, elle se manifeste chaque fois que j'essaie d'aller de l'avant et de ne plus penser au passé. Après avoir lu les messages que vous vous êtes écrits, j'ai pensé que la seule solution était de venir ici pour essayer de remplacer les souvenirs par votre vie d'aujourd'hui, ta présence, l'appartement où vous vivez, les livres, le lit où vous faites l'amour en silence. Mais je vous entends quand même, comme j'entendais leurs cris. Je dois me libérer de vous tous, de tout votre chaos. »

Il frottait ses doigts toujours plus frénétiquement, son visage blême et couvert de sueur.

« Tu sais, les parents aussi finissent par devenir comme des ex », lui avais-je dit.

Ses doigts s'immobilisèrent, il me fixait avec attention.

« C'est le cas de ton père ?

– Oui, comme un ex dont le souvenir s'estompe de plus en plus… Tu vois, j'ai la maladie inverse de la tienne et elle n'est pas moins grave, la vérité à son sujet a effacé le passé. Si seulement il ne m'avait pas menti, peut-être aurais-je tout accepté. »

Il secouait la tête.

« S'il n'avait pas dissimulé son homosexualité par le mariage, tu ne serais pas née. »

Il était très intelligent et profond. Personne n'avait jamais fait le lien entre les deux avec tant de clarté.

« Alors que moi je suis une erreur, ils ne voulaient pas d'enfant, ils ne s'entendaient plus. Pour mon frère et ma sœur, c'était différent, ils les avaient désirés : là, ils ont seulement couché ensemble sans précaution. »

Francesco

Ce jour-là Sandra et Tommaso se préparent à partir à l'école. Pour moi, c'est la première fois, pas pour eux mais je ne m'en souviens pas, j'étais encore au berceau.

Des images me parviennent depuis cette époque-là aussi, les papillons du mobile qui tournent au-dessus de mon lit et m'aident à m'endormir, la main de maman qui me caresse, je ne la distingue pas encore, mais elle porte son odeur.

« Dites au revoir à Francesco ! » leur dit maman.

Ils se penchent pour me dire au revoir, leur cartable sur le dos.

Je porte un pull-over de laine rouge, de ceux que l'on achète à la montagne, avec une fermeture éclair et des boutons dépareillés en forme d'edelweiss. Il avait appartenu à Tommaso, je n'ai jamais possédé de pantalon, de T-shirt ou de blouson qui ne lui aient appartenu. Un jour, maman voulait me mettre une blouse de Sandra, elle y avait déjà enfilé ma tête, mais pap' s'y était opposé.

Tommaso veut toujours savoir l'histoire des vêtements que je porte et qui datent de l'âge d'or de notre famille.

« Quand me l'as-tu acheté, maman ?

– Nous étions en vacances dans les Dolomites. Tu adorais les vaches. Tu sortais tôt le matin avec ton père et tu me racontais qu'elles t'avaient fait peur mais qu'en réalité elles étaient gentilles. Tu t'en souviens, Pietro ? »

Une cascade de souvenirs. Pap' retrouve sa bonne humeur lorsqu'il se met à raconter :

« Je t'ai pris dans mes bras, tu as approché ta main et tu as réussi à lui caresser le museau. »

Mon pull-over est précieux parce qu'il a le pouvoir de les faire encore rire ensemble. Je regarde mes vêtements et les leurs suspendus dans l'armoire. La maison est silencieuse, ils sont tous sortis. La femme de ménage fait du repassage dans la cuisine. Dans la chambre, mon petit lit (qui a appartenu à mon frère et à ma sœur) est encore à côté de celui de pap' et maman. Je n'ai pas de chambre à moi, plus tard je dormirai avec Tommaso lorsqu'ils auront fait des travaux et aménagé une petite chambre pour Sandra.

Ma sœur est ma deuxième mère. Lorsqu'ils se disputent, elle me prend dans ses bras et m'emmène dans la cuisine, elle me fourre une banane dans la bouche et nous courons dans sa chambre pour écouter de la musique en partageant ses écouteurs. Elle me fait danser, me donne le bain, parfois elle dit à maman :

« Pourquoi tu ne t'en occupes pas un peu toi-même ? Je dois faire mes devoirs !

– Tu n'es qu'une égoïste, tu ne vois pas que je travaille ? »

J'ai compris plus tard l'objet de leur dispute, au début je n'entendais que les modulations de leurs voix. Ils parlaient d'argent, de moi : où me caser en juillet après la fin des cours, des difficultés que j'avais à suivre en classe. Pap' disait que j'étais incapable de me concentrer : c'était sa faute, elle m'avait trop choyé. Maman rétorquait que j'étais très intelligent mais distrait, que c'était ma nature et qu'on ne pouvait pas juger uniquement sur les résultats scolaires. Et puis je dessinais très bien, comme elle. Au fond de moi, je savais que mon père avait raison. Ma mère était trop idéaliste et refusait de voir la réalité en face : je souffrais d'un retard d'apprentissage et il fallait s'en occuper. C'est lui qui prit rendez-vous chez le médecin et m'accompagna. Sur le trajet vers son cabinet, j'aurais voulu me cacher tout entier au creux de sa main.

Il essayait de me rassurer : « Il ne faut pas t'inquiéter, nous allons voir quelqu'un qui va te faire faire des exercices pour t'aider à l'école, pour que tu progresses et que tu sois content. »

Comme d'habitude, je perdais le fil de la conversation. Je regardais ses chaussures marron, bien cirées, c'est moi qui l'avais aidé. Le samedi, il sortait parfois des brosses et du cirage d'une boîte. Je collais mon nez dessus, une odeur agréable comme celle de l'essence. Il appliquait la pâte blanche, noire ou brune, il la travaillait un peu. Puis il me tendait la chaussure que j'attendais un chiffon à la main. Je frottais de toutes mes forces jusqu'à ce que le cuir devienne si brillant que je pouvais y voir le reflet de mon nez. J'adorais mon père, cela peut sembler banal, peut-être est-ce vrai de tous les enfants, mais il était parfait à mes yeux. En revanche je voyais tous les défauts de ma mère, elle criait trop, elle s'agitait pour un rien, elle s'énervait et se plaignait. Ma sœur me racontait que maman était différente quand elle était petite, mais comment la croire ? Papa n'était pas souvent à la maison, mais dès qu'il rentrait, il arrangeait tout. Il ne me serrait pas dans ses bras comme si nous ne nous étions pas vus depuis une éternité (contrairement à elle).

Après le rendez-vous chez le médecin qui avait diagnostiqué ma dyslexie, pap' ne me demandait plus comme s'était passée l'école, mais surtout de lui décrire ma journée. Sur ce terrain, j'étais imbattable : je me souvenais de chaque heure, de chaque minute, des vêtements de mes camarade et de ceux de la maîtresse, du goûter. Parfois je ne m'arrêtais plus, alors il souriait :

« Tu ferais un excellent policier. La seule chose que tu ne m'as pas dite, c'est ce que vous avez fait à l'école, mais ce n'est pas grave. »

Pap' n'attendait plus de moi qu'une seule chose, que je ne sois pas malheureux. C'était trop peu. Maman, au contraire, ne prononçait même pas le mot dyslexie. Pour elle, j'étais un génie comme Einstein.

– Lui aussi était dyslexique, tu sais, comme beaucoup d'autres : Galilée, Darwin, Napoléon, Mozart, John Lennon, Picasso, Michel-Ange, Marlon Brando…

Elle les choisissait un peu dans tous les domaines pour me montrer qu'aucune porte ne m'était fermée : elle en attendait trop de moi. Leurs conversations portaient sur moi, mais en réalité ils parlaient d'eux-mêmes.

Maman : *Tu n'es jamais avec lui, c'est moi qui m'en occupe toujours ! Francesco doit être capable de tout faire. Combien de fois as-tu manqué les rendez-vous chez le médecin ?*

Papa : *Et qui l'a emmené le voir ? Moi. Tu te plains, mais tu ne parles que de toi, de ce que tu fais pour lui, de ce que je ne fais pas. Toutes nos conversations sans exception portent sur lui !*

Maman en attendait trop de moi pour mesurer l'affection que pap' lui portait. Papa en attendait trop peu pour qu'on le laisse en paix.

Trop et trop peu : voilà comment étaient mes parents lorsque je suis né.

Un soir, Tommaso raconte à Sandra que je suis dyslexique parce que mes parents ne voulaient pas de moi et que c'est à cause de moi qu'ils se disputent toujours. Elle riposte : « Mais tu es fou ! La dyslexie n'est pas une maladie et les parents n'y sont pour rien. Francesco est très beau, plus beau que toi, et tu ne le supportes pas parce que maman s'occupe toujours de lui. »

Et voilà qu'ils se disputent aussi à cause de moi. Je crois que c'est ce que j'ai apporté à ma famille. Je ne joue pas les victimes, ce n'est pas ce que je ressens, bien au contraire. Je suis leur mémoire, je sais beaucoup de choses, même de l'époque où je n'étais pas là. Je feuillette les albums, les photos prises par mon père avant ma naissance. Il a arrêté après, j'ignore pourquoi. Je demande à Sandra de me raconter l'époque où ils étaient enfants. Ils étaient heureux, semble-t-il, extrêmement heureux. Je rassemble les fragments d'une autre histoire avant ma naissance. Est-ce possible ? Le temps aurait-il tout gâché ? Ou alors ce sont eux qui ont gaspillé le temps, ils ne l'ont plus vu passer, ils ne lui ont pas accordé d'importance : pas plus qu'à mon frère et à ma sœur qui devenaient adultes ni à moi qui étais né par erreur. Ils ont suspendu le temps à leur jeunesse, à leur rêve, tout est resté à l'arrêt, dans ce passé mythique qu'ils racontent toujours. Incapables de quitter la scène. Une des rares photos avec moi : nous sommes au bord de la mer, en Grèce, assis à la table d'un restaurant. J'ai à peu près six mois, je suis dans les bras de ma mère, je pousse sur mes pieds pour me mettre debout ; elle rit et me présente à la tablée comme un trophée. Pap' ne nous regarde pas, il baisse le regard, il est loin. Tout me semble contenu dans cette photo. Il n'en peut plus de jouer au père et au mari, et elle me met sous son nez pour l'obliger à rester. La dyslexie est l'objet du chantage.

Notre maison est magnifique la nuit, je déambule sans trouver le sommeil. Ils dorment enlacés, même après s'être disputés, dans le lit ils rendent les armes. Avec l'âge ils sont encore plus beaux, mais ils ne le savent pas. Mon frère et ma sœur sont partis faire leurs études. Je suis resté seul. Parfois je m'endors dans la chambre de Sandra, mais à l'aube je retourne dans la mienne parce que pap' se fâche. « Tu es un homme », me dit-il.

Non, c'est bien là le problème, je suis une éponge imbibée de souvenirs, de mots, de sensations. Pour que je puisse partir, il faudrait qu'ils restent. Et c'est pap' qui est parti, m'enchaînant ainsi à lui et à maman. Enfermés dans nos chambres, elle et moi imaginons cette autre femme, celle qui nous l'a enlevé, même si nous savons bien que les choses se sont passées différemment. Personne ne s'est jamais mis entre eux, ni elle ni moi.

Huit

Je l'avais écouté en tâchant de garder mon calme, de ne pas me laisser troubler par ce qu'il m'avait raconté de Pietro, de Maria, de lui. Mais cette dernière phrase, je ne pouvais pas la tolérer.

« Tu crois que nous n'existons pas pour eux, ni toi ni moi ?

– Apparemment pap' a fait un choix : il est parti, il est avec toi, au risque même de souffrir.

– Je te remercie...

– Ne le prends pas mal, essaie de voir la situation au-delà de ton cas personnel. Je veux dire, c'est un peu comme le parc de Bovisa : on ne peut pas s'y promener ni y faire jouer les enfants si on ne s'occupe pas au préalable de la pollution du terrain.

– Et ce serait quoi, cette pollution ?

– Ce qui s'est passé entre eux, ce qu'ils m'ont fait subir... »

Il s'était levé, marchait de long en large dans la pièce, il bougeait et parlait de manière toujours plus agitée, convulsive.

« Qui s'occupe des détritus qu'ils ont laissés ? De mon état ? Comment pourrais-je envisager de me marier, d'avoir des enfants… à quoi bon ? Tu peux me le dire ? La dyslexie, ce n'est rien en comparaison ! Tu penses que je suis fou, n'est-ce pas ? »

Il s'était arrêté et me regardait, les yeux écarquillés, frottant sans relâche les deux doigts de sa main droite.

Je m'étais levée, le cœur battant.

« Non, pas du tout. Je pense que tu as souffert comme beaucoup…

– Comme toi par exemple. »

J'avais acquiescé.

« Et comment s'en sortir, tu le sais, toi ? »

Je pensais à l'urne, à ma mère chez qui je n'allais plus, à Pietro à qui je n'avais rien raconté. Je ne lui avais rien dit et lui ne m'avait pas parlé d'eux, jusqu'à l'arrivée de Francesco. Quelle vie était-ce que la nôtre ?

Je m'étais rapprochée du fils de mon compagnon. Il tremblait et me fixait de ses yeux clairs, sans défense.

« Pardonne-moi, je suis un crétin, murmura-t-il, ne dis rien à pap'… »

Je lui avais pris la main pour calmer le frottement incessant de ses doigts.

« C'est notre histoire, elle ne les regarde pas. »

Neuf

Nous avions deux vies, l'une en présence de Pietro, et l'autre en son absence. Dans un premier temps, aucune ne débordait sur l'autre. Nous faisions un effort pour les séparer : Francesco s'efforçait avec lui de s'en tenir à la position du fils, et moi à celle de la compagne. Mais le changement était de plus en plus manifeste chez Francesco et Pietro s'en rendait compte maintenant.

« Il est allé se renseigner sur les cours à l'université de Milan, il veut s'y inscrire l'année prochaine, il faudra lui trouver un logement. Il a l'air plus serein, il va beaucoup mieux ! »

J'évitais son regard.

« Parce qu'il vit avec toi, il en avait bien besoin, tu sais. »

Il me souriait.

« Tu as été un pont entre nous, c'est grâce à toi. Maintenant, j'ai l'impression de parler à un homme, comme s'il avait trouvé une force en lui qu'il n'avait pas auparavant. Maria m'a téléphoné, elle m'a demandé quand il rentrait. Elle veut le récupérer, tu comprends, mais je pense justement que s'éloigner d'elle a été salvateur.

– Je ne pense pas que ce soit la seule raison... » avais-je dit.

Je me préparais pour sortir, nous avions recommencé à fréquenter le restaurant de Rita, avec Francesco aussi. C'était mon idée, je voulais qu'elle voie comme il se sentait bien avec nous et qu'elle le dise à Maria. Notre duel à distance se poursuivait sous d'autres formes.

« Alors pourquoi penses-tu qu'il va mieux ? » m'avait-il demandé.

Je continuais à ne pas le regarder.

« Il nous voit ensemble, sa mère vit sa vie, il n'a plus à être le lien entre vous deux, il se sent libre... »

Il me fixait, peut-être parce que j'étais devenue à ses yeux une autorité en la matière ou au contraire car il soupçonnait quelque chose.

« Le pauvre, il doit avoir vécu un enfer les derniers temps avec Maria et moi : nos disputes, nos discussions...

– Il ne s'agit pas que de vos discussions... À vrai dire, Francesco a l'impression d'être le fruit d'une mascarade, comme moi.

– Quelle mascarade ? C'est lui qui te l'a dit ? »

Il ne posait aucune question sur moi, il ne voulait pas savoir.

« Les enfants sont tout pour leurs parents. Lorsqu'ils sont petits, on s'occupe d'eux à l'excès, on ne pense à rien d'autre. Tant que tout va bien entre le père et la mère et tant qu'ils sont enfants, puis dans la crise on les ignore, seules comptent les déceptions amoureuses, les infidélités, ce que l'on découvre tardivement de son conjoint, et rien d'autre. Les enfants doivent alors se débrouiller seuls, ils sont adultes, il semble naturel qu'ils se fassent tout de suite une raison. Alors que c'est le contraire, plus ils sont grands et plus ils ont des souvenirs, des moments d'amour, d'harmonie... Ce ne sont pas des disputes qu'ils doivent se remettre, mais de la fin de la mascarade... Il faudrait les éduquer dès la naissance : "Vous êtes nés, mais ne vous faites pas d'illusions ! Vous êtes les enfants de l'amour qui se termine toujours, vous feriez bien de vite vous faire à l'idée !" »

Il me regardait, dans l'entrée, stupéfait (nous discutions toujours sur le pas de la porte).

« On dirait qu'il se confie beaucoup à toi ! »

J'avais rougi.

« Mais je parlais de moi aussi, de toute notre... de ma génération. Je le comprends, moi, Francesco.

– Je vois ça. »

J'étais en pleine confusion : pourquoi ne lui avais-je pas dit qu'en son absence nous passions nos soirées ensemble à parcourir la ville et que nous parlions de tout librement, sans retenue ? Notre entente n'était possible, nous semblait-il, que si

Pietro en ignorait tout. S'il l'avait su, nous serions aussitôt redevenus son fils et sa compagne, comme lorsque nous sortions tous les trois ou passions la soirée à la maison sans nous parler. Entre Francesco et moi, aucune forme d'intimité n'aurait plus été possible, pas même celle, parfaitement innocente, que nous avions établie à ce moment-là.

Était-elle innocente ? Je me le demandais. J'avais l'impression d'être une sœur un peu plus âgée, et d'avoir enfin un frère plus affectueux que le mien. Un jour, nous étions ensemble et Sandra lui avait téléphoné, j'avais ressenti une pointe de jalousie. Il riait, tout heureux qu'elle l'ait appelé. Nous avions parlé de nos frères et sœur. Je lui avais décrit le mien.

– Saverio habite à Monza lui aussi, nous nous voyons à Noël, à l'anniversaire de ma mère. Il a une fiancée depuis toujours, mais ils ne vivent pas sous le même toit. Ils sortent parfois dîner, ils dorment ensemble de temps en temps et ils font des petits voyages. On dirait deux vieux. Ma mère l'a toujours protégé. Lors de ma dernière visite où je lui ai dit que je savais tout au sujet de mon père, elle m'a intimé de ne pas lui en parler, parce que ce serait une tragédie pour lui. Alors que pour moi... »

Il avait éclaté de rire.

« Peut-être qu'elle ne veut pas saper sa virilité hétérosexuelle...

– C'est ça, alors que tout le monde se moque bien de ma féminité ! »

Lors d'une de nos sorties, nous étions allés dans un bar gay du côté de la Porta Venezia. C'était Francesco qui l'avait choisi.

« Il faut que tu te familiarises... »

J'essayais d'imaginer un type comme mon père dans cette atmosphère, les cheveux tirés en arrière, l'air fatigué, la veste froissée après une journée de travail, peut-être avait-il ôté sa cravate dans la voiture. Ou peut-être s'était-il changé avant d'entrer, il avait enfilé une paire de jeans, un T-shirt sans manches, même s'il n'avait ni tatouages ni muscles à exhiber. Je n'arrivais vraiment pas à le visualiser.

Nous étions là en train de boire un verre et, dans le vacarme de la musique et des éclats de rire, il m'avait crié :

« Peut-être qu'il y a ici des pères et des mères autrement plus fantastiques que les miens... En tout cas, tout est plus réaliste que le conte de fées classique.

– Oui, bien sûr, pour toi qui ne l'as pas vécu.

– D'accord, en ce cas, allons rendre visite à l'urne et à sa vestale un de ses jours.

– Pas question.»

Puis une fois, à la sortie du cinéma, nous avions croisé ma mère avec une amie de longue date. Celle-ci, me reconnaissant, était venue joyeusement à ma rencontre.

« Elena, comment vas-tu ? »

Ma mère et Francesco s'observaient à distance.

Puis il s'était avancé en lui tendant la main :

« Bonsoir, je suis le fils du compagnon de votre fille, ce n'est pas facile à dire d'une traite.»

Ma mère avait souri.

«Je ne savais pas que vous habitiez à Milan.

– Depuis trois mois seulement. Je reste chez eux jusqu'à ce qu'ils me chassent... J'ai demandé à Elena si je pouvais faire votre connaissance, au fond vous êtes... comment pourrais-je vous définir par rapport à moi ? Ma belle-grand-mère ? »

Elle avait éclaté de rire.

«J'avais un petit-fils adulte et je n'en savais rien.

– Je suis pourtant le plus jeune...

– Venez me voir quand vous voulez.»

Sur le chemin du retour, je m'étais mise en colère.

«Je n'ai aucune envie d'y aller : nous ne pouvons plus faire comme si de rien n'était, mais pas question de revenir sur le sujet. Aller toujours de l'avant, voilà ma philosophie, ne jamais regarder en arrière. Elle est comme moi, ce n'est pas son genre non plus, nous sommes toutes les deux butées...

– Oui, mais maintenant je suis là. »

Je m'étais retournée brusquement.

« Si tu essaies d'aborder la question, toi et moi c'est fini, tu as compris ? »

Il s'était figé, et m'avait regardée, stupéfait.

« Eh, tu as l'air douce, mais si tu te mets en colère... »

Je continuai à marcher sans l'attendre, il m'avait rattrapée.

« Elena, je plaisantais… Je poserai des questions inoffensives, je te le promets ! Je me tairai, même, nous ferons une séance silencieuse comme chez mon psy… »

Je m'étais arrêtée.

« Tu veux dire que tu allais chez le psychanalyste et que tu n'ouvrais pas la bouche ?

– Oui, pendant trois mois. Il faut une certaine force d'esprit, tu sais.

– Et pourquoi tu faisais ça ?

– Pour lui casser les pieds, à lui et à mes parents qui m'avaient envoyé chez lui. Et puis j'ai compris qu'en réalité se taire et parler ne sont que deux manières différentes de communiquer.

– Mon Dieu, qu'est-ce que tu es compliqué… »

J'avais recommencé à marcher en haussant les épaules.

« Toi, en revanche, tu ne l'es pas du tout. »

Je m'étais retournée vers lui.

« Que veux-tu dire ?

– Tu manques d'imagination et de psychologie.

– Je te remercie. »

Il m'avait prise par le bras. Il s'était rasséréné et il avait même retrouvé son impertinence.

« Les économistes sont un peu comme ça, non ? Ils ne regardent que les faits et ils les interprètent.

– Ton père peut-être, mais ce n'est pas du tout ce que je fais à la banque, malheureusement.

– Je veux dire la mentalité… Disons que tu ne demandes pas pourquoi untel a agi ainsi, pourquoi il a dit cela… Tu n'es pas comme ma mère, par exemple, d'ailleurs elle est peintre. Derrière un simple geste, elle imagine un monde, des choses qui n'existent pas… Même si de temps en temps elle voit parfaitement juste.

– Ah oui ? Quoi par exemple ?

– Par exemple, elle avait très bien compris que ton histoire avec pap' n'était pas qu'une simple aventure.

– Elle te l'a dit ?

– Oui, il ne lui a pas traversé l'esprit qu'elle pouvait me blesser. J'étais son confident sensible et dyslexique. J'ai une grande capacité à voir l'aspect concret des choses, et lorsqu'elle me l'a dit, je me suis vu à la maison avec elle et j'ai compris qu'il ne reviendrait jamais. Il l'avait laissée avec moi.

Je m'appuyais sur son bras autrement que lorsque j'étais avec Pietro. Je sentais ses os maigres sous son sweat-shirt, sa main fine aux ongles rongés. À ce moment-là, malgré ce qu'il disait de moi, j'avais imaginé que nous venions de nous mettre ensemble, lors d'une fête, et que nous nous promenions dans la rue pour faire plus ample connaissance.

– Lorsque j'étais adolescente, j'avais beaucoup d'imagination tu sais, j'inventais des choses au sujet des garçons, de mes amies, de mon avenir… et puis quand j'ai lu le cahier vert, mon père a pris toute la place. J'ai décidé, véritablement décidé, de ne plus jamais laisser libre cours à mon imagination, elle ne pourrait me mener nulle part.

– Alors, Elena, tu dois retrouver la liberté d'imaginer. »

Je le regardai, stupéfaite. Peut-être avait-il raison, mais il valait mieux éviter d'exercer ma fantaisie avec lui en tout cas. J'avais écarté son bras.

Francesco insistait pour que j'appelle sa belle-grand-mère et que nous allions lui rendre visite. Elle avait fini par nous donner rendez-vous chez elle pour un apéritif. C'était un vendredi, Pietro devait rentrer le jour suivant de Bruxelles. Il fut très étonné en l'apprenant.

« Je n'aurais jamais cru qu'il accepterait d'aller chez ta mère.

– Lorsque nous l'avons rencontrée, il s'est présenté de lui-même. C'est lui qui tient à faire sa connaissance. »

J'avais passé sous silence les raisons, notre sortie au club gay et sa décision de me faire surmonter le traumatisme, comme il l'appelait. D'ailleurs je n'en avais jamais rien dit à Pietro. Aujourd'hui encore j'ignore pourquoi je n'ai pas réussi à lui en parler. Je l'avais écrit à Maria alors qu'elle était une inconnue et Francesco l'avait appris de manière frauduleuse (en cela, il ressemblait à sa mère). Mais avec Pietro, j'avais honte de mon père, peut-être craignais-je des répercussions sur notre histoire. Tout notre passé, à l'un et à l'autre, me semblait d'ailleurs une menace. En un certain sens, j'avais raison : l'affronter aurait été une épreuve et je n'étais pas sûre que nous ayons la force de la surmonter.

Je regardais la photographie de ma mère, celle que j'avais envoyée à Maria lorsque je croyais encore qu'elle s'appelait Sara. Sur une plage quelconque, peut-être à Gabicce où nous avions passé quelques étés, elle se tenait debout devant la mer, en maillot de bain deux pièces, les cheveux défaits et le visage fatigué ; elle souriait à mon père qui prenait la photo. Je l'avais placée à côté de la mienne, en bikini comme elle, allongée sur une chaise longue, un regard langoureux vers Pietro. Quel lien y avait-il entre les deux clichés ? J'avais l'impression qu'elle avait sacrifié son corps, si beau et si jeune, avec ses longues jambes et sa poitrine généreuse qui nous avait allaités longtemps. Le mien était musclé, galbé et travaillé en salle de sport, rien qui puisse suggérer une maternité future. Qui avait sacrifié son corps, elle ou moi ?

Dix

Sur la petite table devant le canapé, elle avait préparé un apéritif dans un pichet. Un liquide de couleur verte avec des quartiers de citron vert flottant à la surface.

– Maman, tu m'as volé la recette de la caïpirinha ?

– C'est toi qui me l'as donnée un jour. L'aperol et le campari m'ont paru démodés. J'ai hésité avec un spritz. En tout cas ne t'inquiète pas, je l'ai déjà préparée une fois pour mes amies du bridge. »

Francesco avait pris dans l'armoire de son père une chemise et une veste trop grandes pour lui. Il regardait tout autour en souriant.

« Après la caïpirinha, vous n'aviez peut-être plus les idées très claires, non ?»

Il inspirait à ma mère une sympathie spontanée.

« Nous jouons mal de toute façon, c'est juste histoire de passer un peu de temps ensemble. Nous sommes veuves ou divorcées.»

Sur l'étagère de la bibliothèque, l'urne avait disparu. Elle avait suivi mon regard :

« Tu dois être contente, je m'en suis enfin libérée. Je suis allée à Côme avec Saverio, j'ai ouvert l'urne et j'ai fait virevolter les cendres au-dessus du lac. Le vent soufflait et elles se sont dispersées en un instant. Nous y étions allés en voyage de noces, à l'hôtel Tremezzo, une nuit seulement parce que c'était très cher. Ils l'ont entièrement rénové. »

Leur première nuit de noces, qui sait comment elle s'était passée, peut-être comme dans la scène du train.

« Tu aurais pu me le dire, je serais venue. »

Elle versa l'apéritif dans les verres.

« J'ai pensé que cela t'aurait fait du mal. »

Était-ce vrai ? Ou bien craignait-elle quelque révélation devant son fils ?

Francesco prit une première gorgée de caïpirinha et se mit à tousser.

« C'est fort mais c'est bon. Elena ne m'en a jamais préparé ! »

Puis il s'adressa à ma mère :

« Ils ne me laissent pas boire parce que j'ai été malade. »

Je le regardai avec étonnement.

« Mais qu'est-ce que tu racontes ? Tu ne bois même pas de vin !

– J'ai trop bu pendant quelques mois. Maintenant je mène une vie d'ascète. »

Ma mère s'interposa en nous tendant un plat avec de tout petits sandwichs moelleux au jambon, au saucisson et au fromage, comme ceux qu'elle préparait pour nos fêtes.

« Tu as été malade ? Qu'est-ce que tu as eu ? »

Je coupai court :

« Mais rien maman, il va très bien !

– Comment ça rien ? D'abord je suis dyslexique, et puis je suis cyclothymique, je monte et je descends comme sur des montagnes russes. »

Ma mère était perplexe.

« Et qui peut dire qu'il n'est jamais sur des montagnes russes ?

– Ça vous arrive aussi ?

– Oui, il y a des matins où je vais à l'hôpital toute contente. Je suis pédiatre. J'ai l'impression que tous les enfants sont là à m'attendre. Le soir, en rentrant, je fais les courses et je cuisine même si je suis seule.

– Elle est excellente cuisinière, l'interrompis-je, mais elle ne m'a rien appris. »

Elle répliqua aussitôt :

« Ma mère me l'avait enseigné de force, je voulais que tu te sentes libre d'apprendre ou non. »

Nous commencions à discuter comme si Francesco n'était pas là. La caïpirinha nous montait aux joues et échauffait nos esprits.

« *Libre*... cette obsession ! Apprends-moi pour commencer, et je verrai ensuite.

– Tu auras toujours quelque chose à me reprocher.

– Mais non, c'est seulement que l'on élève toujours ses enfants contre nos propres parents.

– Et toi, tu les élèveras contre quoi ?

– Si j'en ai !

– Si tu en as…

– Contre les mascarades. »

Il y eut un silence, ma mère jouait avec son alliance. Francesco attrapa un autre sandwich et rompit le silence.

« Vous me disiez qu'il vous arrive aussi de ne pas avoir le moral. »

Elle leva les yeux vers Francesco.

« Mon mari me manque. »

Il y eut un silence.

« Quel genre d'homme était-il ? »

Il lui avait posé la question comme si de rien n'était. Ma mère sourit, rassurée, et lui désigna une photographie. Francesco se leva pour la regarder tandis que ma mère le décrivait.

« C'était un bel homme, très élégant. Il exerçait un métier bien en deçà de son niveau de culture. Il savait tout de l'Antiquité grecque, il dansait le tango, c'était un excellent meneur, très séduisant.

– Un bel homme, vraiment. »

Elle lui indiqua ensuite une autre photographie, l'image sacrée de nous quatre devant le sapin de Noël.

Francesco éclata de rire en me jetant un regard.

« Quel âge avais-tu ?

– Environ treize ans.

– Quatorze, avait aussitôt rectifié ma mère.

– Tu es totalement différente : grassouillette, contente, de bonnes joues... adorable !

– Peu de temps avant la tempête... j'étais horrible, mes amies se moquaient de moi parce que j'étais grosse. »

Là encore, elle s'était immiscée dans la conversation :

« Tu étais en plein âge ingrat, que veux-tu, tout le monde passe par là.

– Très ingrat tu veux dire, maman. »

Même si j'avais interdit à Francesco de ne mentionner ni ma conversation avec elle ni la découverte de l'homosexualité de mon père, je la provoquais. Je ne supportais pas la façade qu'elle présentait extérieurement : un papa séduisant, une mère qui travaille, entièrement dévouée à lui et à sa famille, et pour finir... deux magnifiques enfants. En même temps, elle me faisait de la peine, je ne voulais plus jamais voir sur son visage l'expression qu'elle avait eue ce jour-là, devant ma révélation. C'était leur secret, personne n'avait le droit de le dévoiler. Je m'étais rappelé la phrase de Francesco sur ce qui existait entre Pietro et Maria, et dont nous étions tous exclus. Une colère soudaine était montée en moi.

Francesco se rassit et elle se mit à l'interroger sur l'université.

« Disons que j'ai pris un peu de retard sur les partiels. J'ai eu moi aussi une adolescence difficile à rallonge… Mais ça va mieux, je vais peut-être m'inscrire ici à Milan.

– Tu veux rester à Milan ?

– Ça fait du bien de changer de ville. Elena me la fait visiter et mon père… Vous le connaissez, non ? Il est déjà venu ici ? »

Je ne l'avais jamais amené, la seule idée de le voir à côté de ces meubles, des photographies, de l'urne…

« Non, nous nous sommes rencontrés en ville, dans un café », répondit-elle.

Il regarda autour de lui.

« Ah, alors je suis le premier homme de la famille à être admis chez vous, quel honneur ! »

Ma mère sourit, j'avais la tête qui tournait.

« Le premier tout court, je n'ai jamais amené d'homme ici », ajoutai-je.

Il y eut un nouveau silence et elle se versa un autre verre. Elle but une longue gorgée.

« Maman, je crois que tu exagères, là…

– Oui, et je crois que toi aussi. »

Elle se tourna vers Francesco en souriant, elle avait les yeux brillants à cause de l'alcool.

« J'adorais mon mari, il me plaisait énormément lorsque nous nous sommes rencontrés. Et même après, avec la naissance de nos enfants. Une belle vie… du moins je le croyais. À vrai dire, maintenant, je ne sais même plus pourquoi il m'avait épousée. »

Je la regardais, incrédule.

« S'il était jeune aujourd'hui, il se comporterait différemment. Il choisirait un homme pour partager sa vie, ils peuvent même avoir des enfants, à quoi bon avoir une femme ? Qu'est-ce que j'ai été pour lui ? C'est la question que je me pose. Parfois je me dis qu'il était confus, que nous le sommes peut-être tous, et qu'il s'est décidé plus tard, mais qu'il avait désormais une famille... Parfois je me dis qu'il n'avait pas le courage d'être lui-même. Ou bien il préférait se réveiller le matin aux côtés d'une femme et rencontrer les hommes dans un monde différent du sien. Cette explication est celle qui me va le mieux. Elle me permet de ne pas me sentir totalement exclue de ses désirs. En réalité, je n'ai jamais réussi à le voir tel qu'il était vraiment. Il m'agaçait, comme tous les maris, nous nous ennuyions un peu aussi, mais il me plaisait... Lorsque j'en parle avec mes amies, j'occulte tout. Je ne le fais pas exprès, c'est comme ça. J'ai gardé ses cendres ici pendant des années. »

J'étais abasourdie. Francesco l'écoutait, immobile.

« Maman... »

Elle ne me regardait pas, c'est à lui seul qu'elle adressait son récit.

« Tu sais, je n'ai pas dit à grand monde que mon mari était homosexuel... Je l'ai dit un jour à un prêtre, et à mon psychanalyste. C'était difficile de n'en parler à personne. J'en avais parlé avec mon mari... Pas tout de suite, il m'a fallu un peu de temps. J'avais trouvé un site parmi les favoris de son ordinateur, mais il savait bien que je l'utilisais aussi : je pense qu'il l'avait fait exprès. Le monde se renverse d'un seul coup sous tes yeux. Tu as littéralement l'impression de marcher sur les mains et de le voir à l'envers.

– Maman… pourquoi est-ce à lui que tu racontes tout ça ? »

Elle se tourna vers moi, troublée.

« Je ne sais pas… De nos jours les jeunes savent tout et ne se scandalisent de rien. Et tu voulais en parler, non ? Je sentais bien que c'était ce que tu voulais. Et puis, ça ne le touche pas… Peu lui importe. »

Elle le regarda de nouveau.

« N'est-ce pas que tu t'en fiches ? Ce qui est difficile, c'est de le dire à ses enfants. C'était impossible pour lui. Il m'a fait jurer de ne jamais leur dire. Il m'aimait, tu sais, pas moi exactement, je ne l'ai compris qu'après sa mort… plutôt la place que j'occupais dans sa vie. Une place importante qui le faisait se sentir en sécurité et que j'étais contente d'occuper. Il est tombé malade, j'ai soigné son corps, je suis médecin. J'y ai beaucoup réfléchi durant ces années, et puis j'ai aussi oublié d'y penser, heureusement… Un jour j'ai rencontré une jeune femme qui avait eu une expérience similaire. Elle était divorcée avec un enfant, elle était tombée amoureuse d'un homme un peu plus jeune. Après quelques années ensemble, elle a fait la même découverte que moi. Elle a pris l'enfant et elle est partie. Elle m'a dit : “J'ai longtemps essayé de comprendre pourquoi il avait voulu de moi. Pourquoi étais-je devenue mère ? Est-ce que je lui plaisais vraiment ?” Elle se posait les mêmes questions que moi, et j'ai alors compris qu'il aurait été plus juste de nous demander pourquoi nous les avions voulus, eux. Parce qu'une femme sait ce qu'elle est pour homme, elle le sait parfaitement, alors pourquoi ? Même quand nous dansions le tango, et plus tard, dans notre vie conjugale, je le sentais, je savais ce que j'étais pour lui et cette jeune femme le savait aussi. Nous étions nécessaires mais non suffisantes. »

Maintenant elle se taisait, les deux mains autour de son verre vide, comme vidée elle aussi ; elle n'avait plus rien à dire. Pas un seul mot ne me venait à l'esprit pour commenter son récit, mes tempes battaient à cause de l'alcool, je n'arrivais pas à mettre mes pensées en ordre, la dernière phrase résonnait en boucle dans ma tête : *nécessaires mais non suffisantes*.

Francesco se leva et s'assit à côté d'elle. Elle esquissa un sourire incertain.

« Excuse-moi si je t'ai raconté tout cela… Je veux dire excusez-moi, je ne sais plus si on se tutoyait.

– Ne t'inquiète pas, je sers toujours de confident, à ma mère surtout. Je ne sais pas pourquoi, je devrais peut-être y réfléchir… Je suis ce genre d'homme, l'ami des femmes. Elles se sentent en sécurité avec moi et vident leur cœur comme tu viens de le faire. Un rôle important, nécessaire mais pas suffisant non plus. »

Ils rirent. J'avais envie de hurler.

« Et toi, pourquoi était-ce lui que tu voulais, maman, puisque tu savais ce que tu étais pour lui ? »

Ils se tournèrent en même temps, comme s'ils venaient de s'apercevoir de ma présence. Francesco me signifiait d'un mouvement de la tête : « Laisse-la tranquille. »

Ma mère avait un regard d'agneau blessé qui me révulsait.

« De toute évidence, je n'avais pas une haute opinion de moi-même, Elena, que veux-tu que je te dise ? Là aussi, il faudrait remonter à mes parents, mais alors on n'en finirait plus, une chaîne de réactions et de contre-réactions... Je n'ai compris tout cela qu'à la mort de papa. Avant, mes sentiments étaient trop forts et confus, j'avais honte de lui, de moi, mais je ne parvenais pas à le quitter. Qu'auraient dit mes parents, très âgés, qui étaient toujours en vie, et nos amis ? J'avais l'impression que j'étais attachée à lui et qu'il était attaché à moi... À certaines périodes, j'oubliais la vérité. J'avais fait tous les tests, j'allais bien. Puis il est tombé malade et je n'ai plus pensé à rien, seulement à le soigner. Et ensuite, ensuite seulement, j'ai commencé à réfléchir sur moi-même, à me demander pourquoi je m'étais résignée toute mon existence, alors que je savais bien que quelque chose clochait entre nous. »

Les muscles de mes jambes et de mes bras se crispaient, je connaissais cette réaction de mon corps : je cherchais le conflit, mais mon père était mort et elle me faisait de la peine. Une colère sans issue.

« Et nous ? »

Elle me fixait maintenant d'un air absent, comme si aucun autre sujet ne pouvait plus l'intéresser.

« Qui ça, vous ?

– Saverio, moi... »

Elle restait silencieuse, elle n'avait pas de réponse.

Francesco poussa un soupir.

« Personne n'est parfait, comme disait le film... Le problème, c'est de faire croire qu'on l'est. Quand nous étions petits, mes parents nous en ont persuadés, et puis tout s'est écroulé comme un château de cartes. »

Je me levai.

« On s'en va. »

Ma mère me prit la main.

« Attends, nous pouvons en parler maintenant, ne t'en va pas...

– Nous en parlerons, mais toutes les deux, une autre fois... Ce que tu as raconté à Francesco ne le touche pas, il était venu ici simplement pour faire ta connaissance.

– Je suis désolée... »

Je la pris dans mes bras.

« Tu n'as rien à te reprocher... mais ce serait bien que Saverio soit au courant aussi, ça l'aiderait dans sa vie, tu vois bien qu'il n'arrive même pas à envisager d'emménager avec sa fiancée de toujours. »

Sa voix se mit à trembler.

« Tu crois que je devrais le lui dire ?

– Oui, je pense.

– Et tu viendrais m'aider à le faire ? »

Je resserrai mon étreinte.

« Je reviens bientôt, maman. »

Francesco lui planta un baiser sur chaque joue.

« Si l'on veut que quelqu'un nous dise tout, vraiment tout, une bonne caïpirinha, et c'est parti ! Toutes les vannes sont ouvertes. »

Il était parvenu à la faire rire.

Nous étions de nouveau dans les rues désertes, comme après chacune de nos soirées. Ivres et silencieux. Son père devait rentrer le lendemain, peut-être l'avais-je choisi aussi pour cette raison, pour la différence d'âge, avais-je alors pensé. Ses mains sur mon corps, la lenteur des mouvements, il donnait son cours à l'université avec une sagesse distante, l'excitation de la première fois qu'il m'avait embrassée, l'excitation tous les soirs à son retour de Bruxelles, chargé de son expérience, de ses responsabilités. Ses vestes étaient imprégnées de son charisme. Il me regardait, moi son étudiante, et son désir et le mien grandissaient. Il avait quitté l'autre femme pour moi. Et, à ses yeux à elle, j'étais devenue l'autre. Qu'étions-nous tous en train de fuir ? Laissant derrière nous un désastre, une situation qui ne nous permettait plus ni de mentir ni de dire la vérité.

Avec Francesco, j'avais l'impression de marcher dans une rue dévastée par la guerre, les ruines s'amoncelaient derrière nous, personne n'avait encore songé à les déblayer. Des maisons détruites, la sienne et la mienne.

Il m'avait soudain pris la main, comme si nous avions partagé ce cheminement de pensée en silence. Nous nous étions arrêtés devant le mur d'une maison, je lui caressais le visage et il me fixait de ses yeux bleus, l'air très sérieux. J'eus l'impression de redevenir une jeune fille, non celle qui plaisait à Pietro, mais celle que je n'avais jamais été. Libérée du regard de mon père, de la soumission de ma mère à cet homme. Il avait les mains moites. Je ne cherchais plus la protection d'un homme plus expérimenté, j'étais attirée par sa timidité. J'avais sauté toute cette phase de la vie.

Nous ne nous sommes pas embrassés tout de suite, il m'a d'abord prise dans ses bras. Il me serrait contre lui en me caressant les cheveux, il murmurait mon nom. Puis il m'a tendu ses lèvres, et alors, un instant seulement, j'ai pensé à la gravité de ce qui était en train de se passer, qu'il y aurait de nombreuses conséquences. Et puis plus rien, nous marchions en nous embrassant, nous sommes rentrés dans l'appartement sans nous en rendre compte. Nous nous sommes écroulés l'un sur l'autre sur le canapé derrière le paravent, déshabillés en toute hâte, je ne pensais pas à son regard, je ne me jugeais pas, je regardais son corps maigre, je le caressais, tout était différent de d'habitude. Ni lenteur, ni préparation, ni expérience. Ce fut la chose la plus incroyable qui pouvait nous arriver et aussi la plus simple ; ce ne fut pas une grande réussite, comme toutes les premières fois, mais une nécessité.

Je me suis réveillée à cause du froid au milieu de la nuit, l'accoudoir du canapé dans le dos.

Nous étions encore enlacés. Je me suis brusquement éloignée.

Il était réveillé :

« Tu crois que nous l'avons fait contre lui ?»

Je l'avais regardé, la lumière de la rue éclairait son profil.

« Parce que toi, c'est pour cette raison que tu l'as fait ? »

Il s'était retourné d'un coup.

« Pas du tout ! Le premier jour où tu es entrée avec les courses, tu étais si belle et… si jeune. J'avais du mal à croire que tu étais la compagne de mon père. Et puis j'ai découvert que tu es fragile et têtue. Je savais beaucoup de choses sur toi. Lorsque j'ai lu vos messages, le ton sur lequel tu répondais à ma mère au sujet de sa vie, et lorsque tu lui racontais la tienne, j'ai eu envie de te connaître. Tu étais si catégorique et blessante ! Mais dès que tu parlais de ton père, tu étais fragile et mise à nu, les difficultés avec les garçons de ton âge… tu me ressemblais. J'ai eu plusieurs histoires…

– Tu es un don Juan, comme ton père.

– Tel père… Non, pas du tout, je n'en ai eu que quelques-unes. Tu le vois, je suis direct et impulsif, les filles se confient à moi et j'ai même du succès avec elles… mais dès que ça devient sérieux, je n'ai plus envie de continuer. Je ne peux pas exclure que je n'avais pas aussi un peu envie de mettre les pieds dans le plat. »

Je m'étais assise en me couvrant avec le drap :

« Ne dis pas ça ! »

Il me caressait le dos.

« Et toi ?

– Eh bien, pour un garçon dyslexique à problèmes…

– Eh bien quoi ?

– Tu as réfléchi à beaucoup de choses, plus que moi. Je manque un peu de psychologie, comme tu me l'as dit toi-même. »

Il m'avait interrompue :

« Est-ce que tu es amoureuse de mon père ?

– Bien sûr que je suis amoureuse de lui. »

J'avais froid, je voulais me glisser dans mon lit. Il fallait considérer ce qui s'était passé avec le fils de mon compagnon comme une anomalie, mais sans gravité. Rien n'était perdu, il suffisait de n'en parler à personne. Mais pourquoi était-ce arrivé ?

« Ta mère… Elle m'a écrit, puis elle est venue me rencontrer. On ne peut pas entrer de cette façon dans l'intimité des autres. Elle m'a parlé de ton père, du couple qu'ils formaient, de vous, leurs enfants, du bonheur. Et puis tu es arrivé, ou plus exactement j'ai souhaité ta venue parce que ta mère me prenait pour une petite fille innocente qui avait besoin de la protection d'un homme. Je voulais lui montrer que ce n'était pas le cas. Et tout s'est mélangé… Maintenant nous avons couché ensemble et je n'arrive plus à y voir clair.

– Tout a toujours été très obscur dans cette histoire… Rita… »

Je m'étais tournée vers lui.

« Quel rapport avec elle ?

– C'est elle qui vous a mises en contact, non ?

– Oui, elle lui a parlé de moi, c'est aussi une amie de ton père de longue date.

– Et de ma mère.

– Que veux-tu dire ?

– Tu connais l'histoire de Rita, non ? »

Je le regardai, alarmée.

« Que veux-tu dire ? »

Je m'étais levée, je cherchais mes vêtements.

« Je suis allé déjeuner plusieurs fois seul dans son restaurant.

– Tu ne m'en as rien dit.

– Elle m'a déconseillé de le faire. »

Je me tenais, debout devant le canapé.

« Pourquoi ?

– Elle pense que tu ne peux pas la supporter parce qu'elle a poussé ma mère à t'écrire.

– Mais enfin, nous y sommes allés dîner ensemble plusieurs fois !

– Oui, mais avec pap'. Rita, je la connais depuis très longtemps, je suis même allé la voir au Brésil avec ma mère. Tu sais pourquoi elle a quitté ce pays, non ? »

J'avais secoué la tête.

« L'homme, le Japonais avec qui elle était, couchait avec des mineures pauvres de Salvador de Bahia, on ne vérifie pas l'âge là-bas. On vient même depuis l'Europe pour ça. Rita déteste les hommes. »

J'étais comme étourdie.

« Rita m'a dit : Elena est intelligente, jolie, elle a eu une vie familiale compliquée… Elle est faite pour toi, pas pour ton père. »

Maria lui avait aussi raconté mon histoire, ainsi ce qui s'était passé entre lui et moi la veille était une nouvelle fois lié à Rita.

« Elle t'a poussé… »

Il s'était levé, furieux.

« Non, Elena, pas du tout ! Moi je n'osais même pas y penser, c'était impossible, tu étais la compagne de pap'…

– Ne l'appelle pas comme ça !

– Tu me plaisais beaucoup, mais je n'aurais jamais imaginé que tu puisses vouloir de moi… »

Quels étaient les mots de ma mère ? Le monde se renverse d'un seul coup sous tes yeux. Tu as l'impression de marcher sur les mains et de le voir à l'envers.

Il me serrait dans ses bras.

« Elena, nous sommes sortis ensemble, nous étions si bien... Personne ne m'a poussé ! »

Je voyais derrière lui Maria, Rita, ma mère. Rien de ce qui m'était arrivé ne me semblait indépendant de toutes ces femmes. Je l'avais repoussé.

« C'est possible que Rita dise vrai. Si nous nous étions rencontrés sans... enfin juste nous deux, peut-être que cela aurait été possible, non ? Qui nous en aurait empêchés ? Je dois comprendre pourquoi ça nous est arrivé, et si avec ton... avec Pietro... J'ai les idées confuses, mais je pense que tu devrais rentrer à Rome, Francesco, et je crois qu'il vaudrait mieux pour tous les deux que ton père ne sache rien.»

Il acquiesça, ses yeux clairs brillants. Il s'était allongé sur le canapé. Il avait recommencé à frotter ses deux doigts l'un contre l'autre.

« Arrête de faire ça !»

Il avait cessé.

« Oui, d'accord, il vaut mieux qu'il ne sache rien.

– Tu aurais voulu que nous lui disions ?

– Non, d'accord, je rentre à Rome chez ma mère, et puis je m'en irai de là aussi.

– Pour aller où ? »

Il sourit.

« Où je veux... Je vais enfin les quitter tous, et puis je viendrai te chercher.

– Il ne vaut mieux pas. »

Je m'habillai rapidement, le soleil était en train de se lever. Il me regardait, allongé sur le canapé-lit, les draps que je lui avais achetés couvraient son corps à demi. On aurait dit un garçon, le torse maigre, presque glabre, les tétons clairs. Le désir de la veille me semblait maintenant lointain, suscité par un élan extérieur à nos vies et pourtant profondément ancré en nous, comme un héritage reçu sans avoir été souhaité. Dans ma chambre, sous les couvertures, je voyais son père, encore beau mais alourdi par les ans. L'assurance de ses gestes et de ses mots qui m'avait charmée. Cette distance entre nous me paraissait maintenant incongrue, comme celle entre son fils et moi.

DEUXIÈME PARTIE

Un

Rien ne fut plus comme avant entre Pietro et moi.

Francesco avait tenu le choc de manière surprenante : le jour suivant, il avait déclaré à son père qu'il rentrait à Rome, il voulait trouver du travail dans le restaurant d'un ami puis partir en voyage avec l'argent gagné. Pietro m'avait confié que, pour la première fois de sa vie, il l'avait senti inébranlable. Il avait répondu à Francesco que ce projet ne lui semblait pas raisonnable, qu'il devait décider s'il souhaitait continuer l'université ou bien chercher une autre formation, le voyage n'était pas une priorité.

« Je sais exactement ce que je veux, ou plutôt ce que je cherche. Je suis dyslexique, j'aurai toujours des difficultés dans les études, mais pas dans la vie, ni dans mes relations avec les gens, ni avec les femmes ; je trouverai ma voie sans vous. »

Il avait appelé sa mère pour lui annoncer son retour et nous avait laissés seuls, il était allé au cinéma. Le canapé-lit était parfaitement replié, son sac prêt. Pietro lisait le journal. J'étais entrée dans la pièce, deux verres de vin à la main. Je craignais par-dessus tout son regard, ses questions, son amour. Nous devions être tous les deux dès le lendemain. Il fallait que je parvienne à faire semblant, il partirait ensuite pour Bruxelles et j'aurais alors quelques soirées à moi pour réfléchir. En me voyant, il avait aussitôt posé son journal.

« Viens par ici… »

Je lui avais tendu un verre et m'étais assise à côté de lui. Je buvais sans le regarder, il me caressait les cheveux avec le même geste que son fils. Je cherchais des sujets de conversation.

« Tu n'es plus inquiet pour lui, alors.

– Non, c'est bizarre… Je m'en étonne moi-même. Mais le ton avec lequel il m'a répondu… Pour la première fois, j'ai senti qu'il ne pouvait rien lui arriver, qu'il devait faire ses propres expériences pour trouver sa voie sans nous, comme il l'a dit lui-même.

– Tant mieux ! »

Il m'avait prise dans ses bras.

« Je tâcherai de voyager moins. J'ai été heureux de l'avoir ici, mais nous avons besoin d'être un peu seuls maintenant, non ? »

J'avais acquiescé. Il fallait que je change de sujet.

« Raconte-moi ce que tu as fait à Bruxelles. »

J'arrivais à suivre deux discussions, sa conversation et celle qui se déroulait dans ma tête pendant qu'il parlait. L'écart de la veille m'avait éloignée de lui. J'avais de nouveau l'impression que Maria me regardait, assise sur le fauteuil, nimbée de la fumée de sa cigarette électronique, belle et souriante. Et Rita, préparant des gambas à la crème de courge et à la poutargue comme le lui avait appris son Japonais amateur de petites filles, était peut-être en train de penser à nous elle aussi. Elle se félicitait de l'audace de Francesco qu'elle avait poussé à prendre la place de son père. Sa jupe longue frôlait le sol du restaurant tandis qu'elle venait prendre notre commande, avec son visage rond, ses deux fossettes asymétriques, son regard imperturbable... Que dissimulait-elle donc ? Il fallait que je mette tout au clair, que j'aille au bout des choses.

« À quoi penses-tu ? »

Mon sang s'était figé, j'avais rougi.

« À rien, je t'écoutais. »

Il me regardait en silence. Il fallait que je dise quelque chose.

« Je pensais à ta femme... »

Il s'était brusquement mis debout.

« Et pourquoi justement maintenant ? »

Il s'énervait dès que je faisais allusion à elle. Il ne voulait pas me voir entre eux, c'était de l'histoire ancienne, terminée, effacée. Recommencer à zéro. Rita le disait, mais ce n'était pas vrai : son histoire avec le Japonais la poussait encore à détester les hommes, un transfert de règlement de comptes.

« J'ai discuté avec Francesco, il m'a un peu parlé de votre vie... Les premiers temps où vous étiez heureux avec Maria et puis quand tout s'est dégradé et qu'il était encore petit. Tu ne m'en as jamais rien dit, comment est-ce arrivé ? »

Pietro marchait nerveusement et il s'était arrêté.

« Écoute, Elena, je ne crois pas que ce soit utile... »

Je m'étais levée aussi, je le fixais sans ressentir de peur.

« Pietro, je ne suis pas une petite fille, même si tu es beaucoup plus âgé que moi.

– C'est gentil de me le rappeler !

– Pourquoi réagis-tu comme ça ? C'est la vérité, il n'y a rien de bizarre. »

Il avait baissé les yeux.

« C'est la première fois que tu me le dis. Comme si j'étais soudain plus vieux à tes yeux. »

C'était exactement ce que je ressentais.

« Est-ce ce que j'ai dit ? Réponds-moi, t'ai-je dit que je te trouvais vieux ? »

Il s'était écarté.

« Non, pas directement. »

Je sentais monter la colère, une explosion qu'il me fallait contenir.

« Pourquoi refuses-tu de parler de ta vie d'avant ? Je me sens exclue. »

Il s'était tourné brusquement. Il s'était approché de moi, presque soulagé. Je savais ce qu'il pensait : si elle se sent exclue, cela signifie qu'elle veut encore de moi.

« Attends, Pietro, je voudrais essayer de t'expliquer… »

Il me fixait d'un air contrarié et lointain, comme le jour où j'avais fait allusion à ce qui s'était passé dans ma famille. Face à cette attitude distante, comme face à la soumission de ma mère, je faisais toujours marche arrière : silence, ne rien dire, ne pas tout gâcher. Alors je l'avais pris dans mes bras, je lui avais couvert le visage de petits baisers en fermant les yeux, comme j'aimais le faire. Maintenant je n'en avais plus envie.

« Ta vie avec Maria est liée à la nôtre… Vous avez eu trois enfants, vous avez vécu ensemble vingt ans, vous vous êtes aimés, trompés puis quittés. Et puis Francesco est venu ici…

– Pour ce qui est de Francesco, il aurait mieux valu ne pas le faire venir. Un enfant, cela aurait été normal, mais lui, c'est un homme à présent… »

Le ton de ma voix montait, je m'en rendais bien compte mais impossible de m'arrêter.

« Oui, c'est un homme, un jeune homme qui se rappelle tout, tu le savais ? Il a une mémoire prodigieuse, il se souvient du moindre détail, il n'oublie pas facilement, contrairement à son frère et à sa sœur, à toi, à elle et à moi aussi. »

Je remarquai pour la première fois que lui aussi frottait imperceptiblement deux doigts de sa main, en les cachant derrière son dos. Je ne m'en étais jamais aperçue.

« Que t'a-t-il raconté ?

– Ce que je viens de te dire, ce qui t'a tant énervé. Les deux phases de votre mariage, le bonheur et ensuite “tout s'est effondré comme un château de cartes”, m'a-t-il dit. »

Il s'était mis à arpenter la pièce.

« Mais c'est normal ! Nous étions jeunes et puis tout a changé, à commencer par nous. Nous nous connaissions trop. Sans compter les difficultés, le travail, les enfants… Elle était devenue agressive et moi j'étais absent. Nous nous querellions sans cesse : une histoire tellement banale… »

Il s'était arrêté devant moi.

« Que veux-tu savoir, Elena ?

– Pour Francesco, elle n'est pas si banale, tu sais. Mais même si c'était une histoire quelconque, banale, comme tu dis, je voudrais d'autant plus comprendre comment et pourquoi cela arrive… et de ta bouche puisque tu l'as déjà vécu. Est-ce que c'est mal de trop se connaître ? Est-ce le début de la fin ? La fin de quoi ? D'une illusion ? Alors cela nous arrivera à nous aussi…

– Mais non !

– Parfois j'aimerais que Maria soit ici, avec nous… pour lui parler, l'interroger sur toi, sur vos enfants, sur votre rencontre… Voir l'histoire de son point de vue, je suis certaine que nous nous entendrions bien.

– Pourquoi me dis-tu tout ça ? »

Je le provoquais et il était de plus en plus énervé.

« Nous avons aimé le même homme à des moments différents, nous avons certainement des choses à nous dire. Et peut-être qu'elle, contrairement à toi, n'aurait pas peur de raconter votre mariage, l'âge d'or et puis la fin. »

Je jouais avec le feu. Les sentiments que j'exprimais lui paraissaient tordus, ils l'éloignaient de moi, le rebutaient. Je voyais le wagon, le corps blanc et nu de la femme ballotté par le train en furie, et son regard à lui. Je devais trouver le moyen de revenir en arrière, d'effacer ce que je venais de lui dire. Il n'y avait eu aucun contact entre Maria et moi, chacune à sa place, comme il se doit. Il fallait oublier ce qui était arrivé.

« Pardonne-moi... Je suis nerveuse parce qu'il s'est passé quelque chose quand tu n'étais pas là. »

Il devint soudain attentif, effrayé.

« Avec Francesco ?

– Non, cela n'a rien à voir avec lui. »

J'avais baissé les yeux.

« Nous sommes allés chez ma mère. Je ne sais pas pourquoi elle lui a raconté toute la vérité sur sa vie. Elle n'en n'avait jamais parlé ni à Saverio, ni à moi, même si j'étais au courant mais... je ne t'ai jamais rien dit, Pietro... »

Il s'était rapproché.

« Quoi donc ? »

J'avais éclaté en sanglots et il m'avait prise dans ses bras. Je lui avais raconté pour mon père à travers mes larmes, il m'écoutait stupéfait mais aussi soulagé. Comme si l'histoire de mes parents, qui ne le concernait pas directement, avait détourné la conversation de son passé. Il me parlait, me consolait en me racontant l'histoire de certains de ses amis, de couples qu'il connaissait.

« C'était ton père et c'est tout, il avait sa propre vie. Cela regarde ta mère et lui. »

En séparant ainsi ma vie de la leur, il la libérait du poids de leurs expériences, de leurs souffrances, de leurs secrets. Peut-être était-ce une bonne chose. Ou peut-être était-ce là une illusion de plus. Son regard sur moi était à nouveau plein de désir. Il voulait faire l'amour mais je m'étais endormie aussitôt, du sommeil profond de l'adolescence.

Deux

Rita habitait un appartement en lisière du quartier juif. Une grande pièce surchargée de souvenirs de sa vie brésilienne. Des photographies de son fils, de la *pousada*, des statuettes de déesses mères, des guerriers, des vases, un grand tableau d'une sirène à la queue incrustée de coquillages roses. Un petit bateau en bois, à étages, suspendu au plafond à côté d'un hamac. Dans un coin, son lit étroit était tout blanc. Elle préparait le café dans la cuisine, sa jupe longue frôlait le carrelage coloré. On était transporté dans une autre ville.

Elle m'avait fait asseoir à la table et parlait déjà depuis quelques minutes.

« Ton appel ne m'a pas surprise, je m'y attendais. Francesco est passé au restaurant avant de prendre le train, il ne m'a rien dit des raisons qui le poussaient à partir, mais je m'en suis doutée. Il était tombé un peu amoureux de toi, cela me paraît normal. Les enfants deviennent adultes et les parents vieillissent. Les hommes s'en rendent compte sur le tard. Je suppose que Pietro ne s'est aperçu de rien. Il a toujours été très sûr de ses qualités masculines... »

Elle souriait avec ses fossettes irrégulières et me regardait tout en vissant la cafetière.

« Tu es fâchée contre moi ? Pourquoi ? Toujours parce que j'ai dit à Maria de t'écrire ? »

J'étais attirée par les couleurs de l'appartement, par toutes les histoires lointaines évoquées par la décoration. J'aurais voulu m'allonger sur le lit blanc, vivre quelque temps seule dans cet appartement, comme elle.

« Je ne suis pas fâchée. Mais il n'y a rien de pire qu'une femme blessée.

– Tu parles de moi ? »

Je haussai les épaules.

« De Maria, de toi... peut-être aussi de ma mère. Pourquoi as-tu dit à Francesco que j'étais faite pour lui plutôt que pour son père ? »

Elle alluma le gaz et se tourna vers moi.

« Parce que c'est vrai. Mais je ne lui aurais jamais dit s'il ne me l'avait pas demandé.

– Que t'a-t-il demandé ?

– Si je ne trouvais pas bizarre que son père soit avec une femme qui avait à peine quelques années de plus que lui. Je lui ai répondu que cela avait beau me paraître bizarre, c'était la chose la plus naturelle et la plus répandue qui soit depuis la nuit des temps.

– Les années importent peu. On peut s'aimer à tout âge. »

Elle s'assit en face de moi, sérieuse à présent.

« C'est vrai, elles importent peu. C'est même pour cette raison que j'ai voulu faire comprendre à Maria que rien n'était comme elle l'imaginait. Je lui ai dit que je ne te connaissais pas bien, je t'avais vue seulement quelques fois avec Pietro lorsque vous veniez au restaurant, mais votre histoire ne ressemblait pas à la relation typique entre un professeur et son étudiante.

– D'accord, mais tu le pensais un peu quand même. »

Elle sortit d'une petite boîte rouge du papier à cigarette et une pincée de tabac qu'elle répartit sur une feuille. Elle me répondait tout en l'humectant et la roulant avec adresse.

« Je voulais que Maria soit libre, comme j'avais réussi à l'être, qu'elle sache voir sa vie indépendamment de ce qui pouvait arriver à Pietro, à toi, à n'importe quelle autre. Elle était tellement attachée à lui, à leur passé, qu'elle t'attribuait l'entière responsabilité de leur échec.

– À moi ?

– Bien sûr, c'est toujours comme ça. Moi, avant de partir du Brésil, j'en étais même venue à penser que c'était la faute de… »

Son visage avait pris une teinte terreuse à la lueur de la flamme du briquet. Elle avait refermé le briquet d'un coup sec.

« Enfin… J'étais convaincue qu'en faisant ta connaissance, son obsession éclaterait comme une bulle de savon.

– C'est ce qui s'est passé ? »

Elle souriait en fumant.

« Évidemment. Maria n'en a plus rien à faire de toi ni de Pietro. Elle était ravie que Francesco vienne vivre chez vous. Elle pourrait sans doute même te donner quelques conseils…

– Sans façon.

– Bien sûr que non. Deux femmes qui aiment le même homme et qui se connaissent, c'est très dangereux. Surtout pour Pietro… »

Elle posa sa cigarette sur un cendrier portant l'inscription *Brazil* et se leva. Elle prit des petites tasses colorées, le sucrier et des biscuits aux formes irrégulières.

« Dangereux pour lui ? »

Elle éteignit le gaz et versa le café dans les tasses.

« *Divide et impera*, diviser pour mieux régner… Les femmes se sont toujours crêpé le chignon pour les hommes, mais si nous partageons un bon café comme celui-ci, un authentique mélange brésilien, et que nous faisons connaissance, alors tout devient plus compliqué, les peurs et les fantasmes disparaissent… les tiens aussi. Prends un biscuit, ils sont bons, c'est moi qui les ai faits.

Elle aussi, malgré tout, avait apporté un peu de son passé avec elle : elle avait gardé le tableau de la sirène à la queue en coquillages et peut-être que ce hamac avait été suspendu entre deux arbres de sa *pousada*. Elle me regardait en fumant.

« C'est aussi un moyen de comprendre si une relation avec un homme en vaut la peine, tu ne crois pas ? »

Je ne voulais pas tomber dans ses filets ; elle exerçait sur moi à la fois attraction et répulsion. Je voyais de nouveau Maria assise à la table, et ma mère aussi, sirotant sa caïpirinha. Des femmes blessées et méchantes qui n'aimaient plus les hommes. Moi si. Pour les aimer, il ne fallait pas chercher à dévoiler trop de mystère, ni recourir à trop de mots ; il fallait se méfier de sa rivale, ne pas connaître leur passé, se diriger avec confiance vers la nouvelle vie.

Elle continuait à parler en me regardant.

« Je suis très attachée à Pietro, tu sais, je l'aime beaucoup. Nous avons passé notre jeunesse ensemble. Je connais tous ses défauts, mais aussi son intelligence et son pouvoir de séduction. Lorsque nous étions jeunes, disons que nous nous sommes amusés…

– Je sais, il me l'a dit. Vous avez même eu une liaison. »

Elle rit.

« À peine une aventure à ses yeux. Moi j'étais amoureuse de lui, mais j'étais sa confidente, alors c'était juste pour nous consoler de temps en temps… »

Elle avait recouvré son sérieux.

« Pourquoi voulais-tu me voir ? »

Je n'avais pas pensé à cette question. Je n'avais pas de réponse précise.

« L'arrivée de Francesco a un peu bouleversé les choses entre Pietro et moi... Lui ne s'en rend pas compte, il n'aime pas parler de sa famille, de Maria, des enfants.

– Et la situation entre vous est devenue inextricable.

– C'est exactement ça. Tu... tu as parlé aussi avec Francesco, il m'a raconté ce qui t'est arrivé au Brésil. »

Elle avait rallumé le mégot de sa cigarette éteinte.

« Mais avant le Brésil, il y a eu Rome, ces années folles où je fréquentais Pietro, puis Maria et lui, la naissance de mon enfant et son père qui a perdu la tête. Je me suis enfuie au Brésil, j'étais prête à tout pour sauver mon fils de la folie de son père... En réalité, j'ai l'impression d'avoir toujours agi en réaction aux événements, pour fuir quelque chose. La dernière fois, avant de venir ici, c'était pour fuir une faute grave que j'avais commise. »

Rita

J'ai toujours été un peu ronde, avec quelques kilos en trop. À l'époque, les filles maigres avaient la cote, comme aujourd'hui. Mes parents étaient diplomates, ma sœur et moi avons grandi aux quatre coins du monde. Ainsi, à peine majeures, mon père nous a loué un appartement à Rome, et lorsque ma sœur est partie faire ses études, j'y suis restée seule. Un bel avantage. Si un garçon me plaisait, il était plus facile de le séduire. Ils voulaient tous partir de chez eux, moi j'offrais un lit, le petit-déjeuner et même le dîner s'ils me plaisaient encore. J'ai toujours aimé cuisiner.

Pietro venait souvent, entre deux aventures. Nous dormions ensemble, parfois nous faisions l'amour, parfois nous nous endormions dans les bras l'un de l'autre. Jusqu'à ce qu'il rencontre Maria et change de vie. Le temps passant, je ne les voyais plus qu'occasionnellement. Les couples se replient sur eux-mêmes, surtout les premières années. Ils élevaient leurs enfants, elle faisait ses études, lui travaillait, ils allaient au parc, en vacances. Je continuais à vivre ma vie de célibataire. J'ai exercé toutes sortes de métiers, je n'avais pas envie de réussir dans un domaine particulier, mais seulement de vivre bien, d'avoir des amis, de préparer de bons petits plats, de voyager. Le monde regorgeait d'aventures possibles.

Et puis j'ai rencontré le père de mon fils. Il ne valait pas mieux que les autres, mais j'avais l'âge d'avoir un enfant. En tout cas, c'était un beau garçon, un peu plus jeune que moi, il était étudiant en architecture. Je croyais qu'il était en dernière année, mais j'ai découvert par la suite qu'il n'avait validé que deux partiels. En fait, c'est moi qui l'entretenais. Mon fils est né et son père était heureux, il s'en occupait beaucoup. Pendant un an, nous avons joué à la petite famille. Les amis me manquaient, mais la vie avait changé pour tout le monde. Je partais le matin et je rentrais le soir ; je travaillais dans un restaurant, le premier d'une longue liste. Lui s'occupait de notre enfant, le faisait manger, l'emmenait se promener. Je me suis bientôt aperçue que quelque chose ne tournait pas rond. Il achetait des bougies parfumées de manière compulsive, il les allumait un peu partout dans la maison. Il disait que le monde empestait, qu'il était répugnant, que nous n'avions pas réussi à le changer et qu'il aurait peut-être mieux valu ne pas avoir d'enfant. Il le couvait de manière obsessionnelle.

Un jour nous sommes allés au bord de la mer avec Pietro, Maria et leurs deux enfants. Francesco n'était pas encore né. Je n'ai jamais vu de couple plus uni. Elle préparait des pique-niques parfaits, il jouait avec les petits. Lorsque je ne travaillais pas, j'essayais de passer le plus de temps possible avec mon fils, je voulais compenser mes absences et j'avais commencé à perdre un peu confiance en mon compagnon. Ce jour-là, nos hommes étaient près de l'eau, en pleine compétition. Ils construisaient des châteaux de sable, Maria et moi devions désigner le vainqueur. Les enfants de toute la plage, debout, regardaient les deux hommes à la tâche. Le mien avait érigé un donjon au centre, sans fenêtres, uniquement accessible par des tunnels creusés sous le sable. La construction de Pietro, en revanche, était un château classique, avec un fossé rempli d'eau et des tours crénelées. Nous décrétâmes qu'ils étaient beaux tous les deux. Un garçon s'était avancé avec un appareil photo. Mon compagnon l'avait regardé et s'était soudain jeté sur lui. Avant que nous puissions l'arrêter, il lui avait arraché l'appareil des mains. *S'il veut photographier mon œuvre, il doit payer*, hurlait-il. Le lendemain, Pietro vint chez nous lui dire qu'il devait se soigner. Je fis nos valises et m'installai chez eux avec mon fils.

Commença alors l'enfer : je ne pouvais pas sortir, il me suivait partout. Je pris un avocat, mais le juge décida que son instabilité n'était pas démontrée et qu'il avait le droit de passer du temps avec son fils.

Je lui ai laissé l'appartement et je suis allée quelques mois chez Pietro et Maria. Ils étaient rassurants, un couple chaleureux, ils se parlaient, ils riaient, ils se comprenaient sans recourir aux mots. Le soir, depuis le salon où je dormais, je les entendais discuter dans leur chambre, faire l'amour. Je me disais : mais alors serait-ce vraiment possible que je connaisse moi aussi une telle complicité ?

Un jour, il était venu prendre notre fils, il devait me le ramener le soir mais il ne s'était pas présenté, il ne répondait pas au téléphone. Pietro et Maria m'avaient accompagnée à l'appartement. Il régnait un grand silence. Une musique s'élevait depuis la salle de bains, un air funèbre. Le père et le fils étaient dans la baignoire, des bougies allumées sur le rebord : il avait les yeux fermés et l'enfant murmurait au petit poisson en caoutchouc avec lequel il jouait : *Chut, papa est fatigué.*

Je me mis à changer sans arrêt d'adresse. Il parvenait toujours à me retrouver d'une manière ou d'une autre, par des amis communs, ma sœur, les maîtresses d'école. Il ne sonnait pas, il attendait devant la porte, il me suivait en disant que nous avions un fils et que je ne pourrais jamais me débarrasser de lui. L'une de mes amies partie au Brésil m'avait écrit. J'achetai des billets, je me rendis à l'aéroport en emportant peu de bagages, en tenant mon fils par la main, sans rien dire à personne. Je passai un seul coup de téléphone à Maria avant le décollage. Les mois précédents, elle m'était devenue plus chère que Pietro que je connaissais depuis bien plus longtemps. Il travaillait sans cesse, il voyageait, il enseignait dans des universités à l'étranger. Elle avait loué un studio pour peindre. Ses œuvres commençaient à se vendre. Elle me racontait les difficultés du quotidien, les enfants, le travail, les absences de Pietro, mais elle était heureuse parce qu'elle était encore amoureuse, plus qu'avant. Nous nous sommes quittées ainsi, elle tout à son bonheur, moi fuyant le désastre de ma vie.

À Rio, avec Giovanni qui me demandait où était son père et quand il nous rejoindrait, j'ai pris un autre avion pour Salvador et de là un autocar jusqu'au village d'Arembepe où s'était installée une communauté hippie dans les années soixante-dix. C'est là que vivait mon amie avec un artiste-artisan et musicien rasta, en compagnie d'une dizaine d'autres couples et leurs enfants. À l'entrée du village, sur le tronc d'un arbre planté devant l'une des cabanes, des pancartes délavées annonçaient les mots d'ordre de la communauté fondatrice : *respect, musique, culture, famille, art, pardon, liberté, nature, joie, amour.* Cette nuit-là je dormis quatorze heures sur un matelas dans le cabanon de mon amie. À mon réveil, mon fils n'était pas à mes côtés ni nulle part à la ronde. Je le cherchai partout avec une angoisse terrible : peut-être m'avait-il suivie jusqu'ici, peut-être l'avait-il enlevé ? Le cabanon était désert. Sur un sentier, une femme replète à qui j'expliquai par gestes que je cherchais un enfant me pointa une direction en riant. Je montai le chemin en courant : passé la dernière dune, la plage blanche s'ouvrait sur l'océan. Des vagues violentes frappaient les rochers. Derrière les collines de sable, la mer avait créé un lac où les enfants nageaient et jouaient. Giovanni était parmi eux, nu, prêt à oublier notre vie d'avant, du moins c'est ce qu'il me semblait.

Pendant des mois, j'ai travaillé dans le restaurant du village. Mon amie quant à elle tressait des fils, enfilait des coquillages, des perles et des amulettes, avec son compagnon brésilien et ses trois enfants à lui qui vivaient à l'état sauvage et n'allaient pas à l'école. La mère des enfants, une femme épaisse et fatiguée, habitait avec eux en une sorte de harem hippie. Lui était très beau, couvert de tatouages, il avait de longues tresses, des yeux bruns embrumés par le cannabis et une bouche charnue. Il accueillait les visiteurs venus de Salvador, fabriquait avec habileté colliers, bagues et boucles d'oreilles, et partageait en souriant sa philosophie de la vie. Mon amie Sara, oui, Sara comme le faux nom de Maria, le regardait sans mot dire, elle était folle de lui. Elle aussi était arrivée là pour fuir un désastre familial et disait qu'elle l'aimait tellement qu'elle avait accepté sa bigamie. Ils dormaient tous les trois dans un lit gigantesque taillé dans le bois (qu'il avait construit lui-même) où venaient parfois s'ajouter les enfants qui ne trouvaient pas le sommeil. Je m'étais installée avec mon fils sur la mezzanine réservée aux invités et ouverte sur leur chambre. Le soir, l'homme couchait avec Sara et parfois, plus rarement, avec l'autre femme. J'utilisais un oreiller en guise de casque pour préserver Giovanni de leurs gémissements. Je me souvenais vaguement d'avoir lu dans Freud le cas d'un enfant qui avait été témoin des ébats entre ses parents et en était resté traumatisé. Leurs enfants s'étaient probablement habitués et n'y prêtaient plus attention.

L'*aldeia* hippie, comme l'appellent les Brésiliens, était devenue une destination touristique. Il y avait au mur du restaurant des photos mythiques des personnalités qui étaient venues dans les années 1970 : Janis Joplin les seins nus ; Mick Jagger grattant une guitare, l'air complètement stone, aux côtés d'une Marianne Faithfull dans le même état, un enfant blond à la mine perdue dans les bras, entourés d'une ribambelle de petits Brésiliens enthousiastes ; Jimi Hendrix ; Alain Delon. La nourriture était assez médiocre. Je consacrai toute mon énergie à améliorer la cuisine. Nous nous rendions chaque mois en camion au marché central de Salvador. C'était un feu d'artifice de fruits gigantesques, des casiers avec des dizaines de dindes, de poulets et de poules vivantes, au début, je n'arrivais pas à m'y retrouver. Puis je devins une véritable experte et l'amie de nombreux marchands ; je savais choisir et je ne me faisais pas rouler sur les prix.

C'est là que je le vis pour la première fois. La cinquantaine, très maigre, il tâtait les pastèques, les mangues et les papayes comme s'il s'agissait de corps féminins. Ses grands-parents étaient des paysans venus du Japon au début du siècle, ils avaient travaillé dans les plantations de café de São Paulo. Son père s'était marié à Salvador et avait ouvert un restaurant japonais. Lui l'avait transformé en cuisine nippo-brésilienne. Face au même étal, il me regardait examiner les fruits et discuter avec le vendeur dans un portugais encore hésitant. Soudain, deux jeunes se jetèrent sur moi, l'un d'entre eux avait un couteau à la main et menaçait d'en faire usage si je ne lui donnais pas mon sac. Le Japonais saisit le bras de celui qui pointait son couteau vers ma gorge et l'étendit au sol avec une prise d'art martial.

Haru m'invita à son restaurant, il me demanda où j'habitais ; il me dit que c'était une bonne chose d'avoir débarqué directement dans le village hippie car Salvador était une ville dure et dangereuse, surtout pour une femme seule. Avec un enfant, ajoutai-je. J'en avais assez des petits colliers et des gémissements nocturnes, je lui demandai s'il avait du travail pour moi. Pendant deux ans, j'ai appris des recettes de cuisine fusion et j'ai travaillé dans son restaurant, et puis il m'a aidée à ouvrir la *pousada* dans le même quartier, sur la promenade de Barra. Nous étions devenus amants, j'étais tombée amoureuse. Nous plaisantions en disant que Salvador avait été fondée par un Italien, les émigrés italiens avaient remplacé les esclaves africains dans les plantations de café et les Japonais avaient à leur tour remplacé les Italiens.

Un jour, j'allai rendre visite à Sara au village, nous buvions un thé et elle m'annonça qu'elle était enceinte. Je lui demandai comment elle faisait pour supporter cette vie. *Tu sais ce qu'est l'amour ?* me demanda-t-elle à son tour. Peut-être croyais-je le savoir pour la première fois de ma vie. *Je ne veux pas le perdre*, murmura-t-elle aussitôt, *et il ne peut pas la quitter, elle est la mère de ses enfants.* J'essayai de lui expliquer que c'était bien là le mécanisme de la soumission au sultan, qu'elle était née libre et qu'elle aurait pu avoir un enfant d'un homme qui était avec une seule femme à la fois. Elle avait éclaté de rire. *Et toi ? Qu'as-tu fui ? Mes parents aussi sont restés ensemble, mais ils se sont librement détestés toute leur vie.*

Haru n'avais pas d'enfants et s'était beaucoup attaché à Giovanni qui grandissait comme un Brésilien, il allait à l'école et oubliait l'Italie. Maria et ma sœur m'avaient donné des nouvelles de son père : il avait été admis dans une clinique avant d'être placé par sa famille dans une communauté d'accueil. Ses symptômes de dédoublement de la personnalité s'étaient aggravés. Il ne parlait plus de son fils. Au moment où je me sentais heureuse avec Haru et que je montais ma *pousada*, la crise commençait entre mes deux amis à l'autre bout du monde. J'avais peine à le croire, ils étaient à mes yeux le couple parfait, un modèle. C'est certainement passager, pensais-je. Francesco était né, Maria m'avait envoyé sa photo, je lui avais envoyé celles de Haru et de Giovanni. Nous nous les échangions d'abord sous forme de photocopies glissées dans les lettres, puis par Internet. Les rôles s'étaient inversés : je lui décrivais ma nouvelle vie en termes passionnés, elle me racontait la sienne où elle souffrait des absences de Pietro et de quelque chose qu'elle ne parvenait pas à me dire.

« Tout a changé entre nous, m'écrivait-elle, ce qui auparavant nous liait, nous éloigne à présent. »

« Haru m'a présenté son père et sa mère, lui répondais-je, ce sont deux personnes âgées qui se sont retirées à la campagne, ils m'ont préparé un déjeuner délicieux et m'appellent *musume*, c'est-à-dire "ma fille". »

« Pietro s'est lassé de moi, de notre vie commune, c'est pour cette raison qu'il voyage autant. J'essaie de ne pas l'oppresser, de ne pas parler ni poser de questions, mais je n'y arrive pas. Il s'est insinué entre nous quelque chose dont nous n'avons pas conscience. »

« Haru adore Giovanni, il n'a pas eu d'enfants. Il ne le prend pas beaucoup dans ses bras, il se tient à la juste distance, il l'aide pour ses devoirs, il lui achète des livres. Il s'est marié une première fois avec une cousine et ils se sont séparés. Il ne parle pas beaucoup de lui ni de sa vie d'avant, mais les Japonais sont comme ça, ils sont taciturnes. »

« J'aimerais tellement que tu sois là, Rita, toi qui connaissais Pietro bien avant moi. Tu pourrais lui parler, et peut-être découvrir quelque chose pour nous aider. Je ne suis plus heureuse comme avant, mais j'ai l'impression de l'aimer plus encore depuis que j'ai peur de le perdre. »

« Tu pourrais venir me voir, Maria, la *pousada* marche très bien. Haru m'a aidée à la faire connaître, elle est toujours pleine de touristes et, le soir, les amis y viennent pour boire et manger. Il dit que je fais de la concurrence à son restaurant. J'ai acheté des meubles et de la décoration, dont un grand tableau représentant une sirène à la queue incrustée de coquillages. Haru dit qu'elle me ressemble. Je te laisserais ma chambre pour peindre (tu trouverais l'inspiration ici) et nous pourrions passer du temps ensemble, nous promener dans la ville (j'en connais tous les recoins maintenant) et discuter ! Viens, Maria, laisse tes enfants et ton mari pour une fois ! Si tu ne veux pas laisser Francesco, amène-le, je le mettrai dans la chambre avec Giovanni. »

« J'aimerais bien, mais mon travail commence à être apprécié, je vais faire une exposition rien qu'à moi ! Je discute beaucoup avec Pietro, je n'arrive pas à lui passer ses éternelles absences, il a eu des aventures, il me l'a avoué lors d'une longue conversation nocturne. J'ai fait pareil par vengeance. Nous ne savons pas où nous allons, Rita, chacun de nous perçoit l'autre comme un individu désagréable et blessant. Parfois nous nous rappelons ce que nous étions l'un pour l'autre, nous nous prenons dans les bras, ou plutôt nous nous agrippons l'un à l'autre pour ne pas nous perdre. Qu'a-t-il bien pu nous arriver ? »

« Chère Maria, laisse les choses suivre leur cours, lâche prise. Regarde-moi, je pensais que ma vie était terminée. J'étais seule avec l'enfant d'un homme devenu fou. J'ai débarqué ici, tout était si difficile au début. Je me suis battue contre la nostalgie, l'envie de rentrer. Je me levais le matin avec un sentiment d'échec, je le sentais au fond de mon estomac, un trou de honte et de mal-être. Mais je devais tenir mon fils à l'écart de la folie de son père, c'est la seule chose qui m'importait. Je ne pensais pas à moi. Je regardais mon amie du village hippie et je me demandais comment elle faisait pour renoncer à sa liberté, à sa dignité par amour pour ce type. Les femmes sont capables de cela, Maria, c'est notre plus grande faiblesse, mais notre génération a aussi bouleversé les règles d'un jeu millénaire, nous n'avons donc plus le droit d'avoir peur de rester sans homme, si cela doit nous arriver. »

Elle tergiversa longtemps, elle avait peur de laisser la maison, Pietro, les enfants, son travail. Elle se décida uniquement lorsqu'elle découvrit sa liaison avec la collègue qui l'accompagnait dans ses voyages, après l'avoir chassé de la maison. Entre femmes, nous nous aidons à voir la réalité en face.

Je l'ai aidée au moment du désastre et elle m'a aidée à ouvrir les yeux sur le mien. Comme elle, il m'a fallu longtemps pour accepter la vérité.

Après de longues années de silence, Pietro me téléphona en pleine nuit. L'amitié ne s'évapore pas comme l'amour, elle résiste au temps et à l'absence. Nous parlâmes comme lorsque nous étions dans mon petit appartement de célibataire, lorsque nous nous disions tout et n'importe quoi, sans crainte, sans pudeur. J'étais alors allongée sur le lit de ma chambre, le tableau de la sirène devant moi. Elle avait un regard ironique et, au moment où nous parlions au téléphone, il m'avait semblé que cette créature était prisonnière de sa queue.

Il était deux heures du matin et la sonnerie m'avait réveillée.

« Il est deux heures chez toi, mais tu as toujours été une couche-tard. Je sais bien que nous ne nous sommes pas appelés depuis une éternité, mais peu importe, il fallait que je te parle. Maria va venir chez toi. Tu sais tout parce que vous vous êtes écrit et que tu es maintenant son amie plus que la mienne. Non, non, ne t'inquiète pas, j'en suis content. Je suis au courant pour le Japonais et le jeune homme qu'est devenu ton fils, je vais éviter les préambules. Je suis un homme de peu de mots. Je voulais te dire que si Maria et moi sommes dans cette situation, ce n'est pas parce que j'ai eu une liaison, c'est déjà du passé, elle était sans importance… Peut-être m'arrivera-t-il encore d'avoir une maîtresse, mais ce sera une autre femme. Je m'en vais parce que je sais tout de Maria, je connais chacune de ses réactions, chaque facette de son caractère, la manière dont elle dort, dont elle mange, sourit, se met en colère. Rien ne peut me surprendre, et le plus terrible, c'est qu'elle sait aussi tout de moi. Comment ça, tu ne comprends pas ? C'est bien là le problème : elle pénètre chacune de mes pensées, elle devine tout. Moi, au moins, il m'arrive d'être distrait. Oui, inutile que tu me le répètes, je suis profondément égoïste, mais cela a le mérite de la préserver, elle peut me cacher une partie de ses pensées et de ses actes, pas moi. Je ne veux pas être compris, Rita, et je ne veux pas la comprendre. Je voudrais que quelqu'un me fasse un lavage de cerveau, tout oublier et recommencer… Mais c'est impossible, parce que nous avons parcouru toutes les routes ensemble. Tu as de la chance, Rita, tu as fui et je t'envie. J'envie ton dépaysement et même ta peur. Je voudrais une nouvelle vie, comme toi, je ne souhaite pas vieillir à ses côtés. Je voulais que tu le saches avant de la retrouver. »

C'est ainsi que je l'avais appris, et en l'attendant à l'aéroport, je me demandais si je serais jamais capable de le lui dire. J'étais tellement perdue dans mes pensées que je ne l'avais pas reconnue : une femme encore jeune et belle s'était avancée vers moi. Que pouvait bien chercher Pietro dans la vie s'il n'en pouvait plus de vivre à ses côtés ? Maria me prit dans ses bras et je vis son regard brillant, les larmes me montèrent aussi aux yeux. Ce fut la seule et unique fois, durant les mois qu'elle passa chez moi, elle ne pleura plus jamais. C'est seulement après quelques minutes que j'aperçus Francesco, il se tenait tout raide à côté d'elle, un grand échalas aux yeux bleus et au visage couvert d'acné. Il nous regardait avec un sourire ironique.

Il ne parvint pas à se lier d'amitié avec Giovanni qui avait quitté le lycée, il étudiait à Rio pour devenir chef et ne rentrait que deux fois par mois. Francesco ne parlait pas portugais et n'avait pas envie de discuter avec nous, il allait se promener en ville, restait des heures au bord de la mer ou bien dans son coin à lire et écrire sur l'ordinateur. Il regardait en coin les jeunes filles qui m'aidaient en cuisine et à refaire les chambres. Elles étaient toutes très jeunes, parfois mineures. Je les hébergeais dans un petit logement que nous avions loué pour le personnel à côté de la *pousada*. Elles vivaient ensemble, abandonnées par leurs familles, contentes d'être sorties de la rue, *meninas de rua*. Je leur avais demandé de me raconter leur vie dans la favela de Novo Marotinho, elles se ressemblaient toutes. Dans leur armoire étaient suspendus les tenues blanches que je leur avais achetées pour travailler et les minuscules vêtements à paillettes qu'elles portaient auparavant pour faire la rue. Sur leurs lits, des poupées Barbie usées avec lesquelles elles avaient joué, habillées comme elles ; au mur des petits cœurs roses, des photos de leurs petits frères et leurs petites sœurs. Avant de partir, Giovanni avait appris à certaines à lire et à écrire. Nous leurs payions des cours de cuisine.

Haru et moi vivions alors ensemble depuis de nombreuses années. Quelque chose m'attirait toujours dans sa manière de me regarder, de me caresser, de plaisanter. Il avait vieilli, mais il était maigre et musclé. Nous faisions de longues courses à pied sur la promenade qui se transformèrent en marches rapides. Il s'entraînait aux arts martiaux. Ses parents étaient décédés, il n'avait pas voulu d'enfants. C'était l'une des premières choses qu'il m'avait dites lorsque nous nous étions rencontrés. Il ne voulait laisser personne derrière lui. J'aimais sa réserve, je ne pouvais pas dire que je le connaissais vraiment. Mon corps lui plaisait, il m'avait offert un catalogue des tableaux de femmes nues de Botero.

Maria m'aidait à la *pousada* et elle prenait des photographies à partir desquelles elle créait des dessins par le biais de superpositions successives. C'étaient des objets jetés dans la rue, des traces de passages, de présences. Des lits défaits, des chaussures abandonnées sur le sol, des feuilles tombées. Le soir, Haru nous laissait, il allait dormir dans sa chambre, il comprenait mon envie de passer un peu de temps seule avec elle. Maria me posait beaucoup de questions au sujet de Haru, elle aimait les relations profondes, elle voulait comprendre ce qui m'attirait en lui, ce que je savais de son histoire, de son caractère. Pourquoi il parlait si peu, pourquoi il me touchait à peine. Maria était comme ça.

Un soir, peut-être avais-je trop bu, je lui dis que la garantie de la longévité d'une histoire d'amour était de ne pas toujours tout savoir. Avec son intuition fulgurante, elle comprit immédiatement que je faisais référence à Pietro et elle. Je lui racontai alors le coup de téléphone. Elle m'écoutait en silence, elle réfléchissait. *Il ne veut pas vieillir à mes côtés*, répétait-elle, *il t'a dit qu'il me connaît trop bien... Moi je crois qu'il ne veut pas vieillir et c'est tout.*

La colère montait en elle, elle arpentait la pièce en silence puis elle explosa, non contre Pietro mais contre moi qui lui avais rapporté ses propos. Elle ressortit l'histoire de mon amitié avec lui, lorsqu'elle ne le connaissait pas encore. Elle m'accusa d'avoir été sa complice, toujours de son côté, d'avoir fait semblant d'être son amie. Je lui avais écrit dans la seule intention d'avoir des nouvelles de Pietro, de m'immiscer entre eux, je l'avais fait venir jusqu'au Brésil par pitié. Elle marchait de long en large comme une furie, sans s'arrêter, elle mêlait les mots et les accusations, des faits remontant à des décennies plus tôt. Tout était resté gravé en elle. Ce n'était plus Maria, la femme intelligente que je connaissais, avait surgi une autre femme, sauvage, irrationnelle, folle. Toute la rancœur qu'elle aurait dû ressentir contre lui s'était tournée contre moi. En me rendant responsable, elle disculpait Pietro.

« Tu lui disais du mal de moi, je le sais ! Il t'a certainement demandé ce que tu pensais de moi au moment où nous nous sommes mis ensemble. Tu étais jalouse, je t'enlevais ton ami, celui qui venait chez toi le soir quand il était seul, ou qui te parlait comme à une simple amie alors que tu as toujours été amoureuse de lui. Il me l'a dit, tu sais, que lorsque vous dormiez dans le même lit, tu le suppliais de te faire l'amour et il te répondait qu'il n'en avait pas envie. Tu m'as toujours détestée, Rita. »

Elle s'était assise sur le lit, la tête entre les mains. On aurait dit la scène de ménage d'une femme trompée, la même fougue. L'idée lui était insupportable que je ne me sois pas aussitôt indignée contre lui, que j'aie attendu avant de lui en parler. Elle voyait dans cette attente de la pitié, de la connivence, de la rivalité. Elle avait raison. Si une autre femme te dit quelque chose au sujet de l'homme que tu aimes, elle est nécessairement traversée par la même douleur que la tienne, elle ne peut y rester extérieure ni commenter de manière détachée. On peut l'accepter de la part d'un homme, mais pas d'une femme, parce qu'elle est une autre toi-même.

Je m'approchai d'elle, j'essayai de la prendre dans mes bras, mais elle me repoussa et partit dans sa chambre.

Elle précipita son départ. J'essayai d'en parler de nouveau avec elle, mais notre complicité s'était brisée, tout comme la confiance. Je les accompagnai à l'aéroport. Le silence régnait dans la voiture, le visage de Francesco dans le rétroviseur était sérieux, pâle, les yeux cernés. Ce n'est qu'après leur départ que je fis le lien entre son expression et ce que me dit Maria.

Nous nous saluâmes froidement.

– Cette fille, Lilian, est très jolie ; Francesco et elle sont un peu tombés amoureux. Ils vont s'écrire, il voudrait la faire venir en Italie. Elle a été abandonnée par sa mère alors qu'elle n'était qu'une enfant. Tu sais toi aussi quelle vie a été la sienne. Mais Francesco n'est pas le seul auquel elle plaît, méfie-toi, Rita.

Ils partirent et l'enfer commença. Cette toute jeune fille magnifique que j'avais aidée, qui en refaisant les lits des chambres chantonnait *A banda* de Chico Buarque

A moça triste que vivia calada, sorriu
A rosa triste que vivia fechada, se abriu
E a meninada toda se assanhou
Pra ver a banda passar[1]

était devenue à mes yeux une petite aguicheuse. Je n'avais pas le courage de questionner Haru, j'avais peur de savoir. Je voyais à présent, ou je

1. © 1966 by Editora Musical Brasileira Moderna Ltda. Administrada por Fermata do Brasil. « La jeune fille triste qui vivait silencieusement souriait/La rose triste qui vivait enfermée était éclose/Et tous les enfants s'empressaient/Pour voir passer la bande ». (*N.d.T.*)

m'imaginais, comme elle le provoquait, elle lui tournait autour, elle ondulait sous ses yeux le plateau à la main. L'idée même de les laisser seuls me rendait folle. Il me venait des pensées que je ne peux évoquer sans éprouver de honte : elle s'était prostituée étant enfant et ne savait rien faire d'autre qu'utiliser son corps d'adolescente pour attirer les hommes.

Je n'avais aucune preuve confirmant ce que m'avait dit Maria, je n'en cherchais pas non plus. Si c'était arrivé, il valait mieux ne rien savoir. Je ne voulais pas rester seule à nouveau. Haru était devenu plus expansif. Il disait qu'il voulait laisser le restaurant à Giovanni, qu'il était fatigué de travailler. Il voulait prendre sa retraite à la *pousada* avec moi, c'était tout ce qu'il souhaitait.

Un jour, je me rendis dans la petite chambre de Lilian. C'était l'heure de la sieste, il faisait chaud, elle était en culotte et soutien-gorge. Elle avait pris une douche, ses cheveux mouillés étaient collés sur son visage enfantin. Elle était en train d'appliquer avec soin du vernis sur les ongles d'une autre fille, elle s'était arrêtée le pinceau en l'air et me regardait, stupéfaite. C'est très difficile pour moi d'en parler. Je ne l'ai raconté qu'à mon fils, des années plus tard, avant de partir. Et à Maria à mon retour en Italie ; aucun homme ne se mit plus jamais entre nous. Ce sentiment inaltérable a transformé ma vie, et je voulais qu'il en aille de même entre elle et toi.

Je dis à Lilian de venir me rejoindre dans ma chambre. Elle avait remis sa tenue de travail.

Peut-être avais-je choisi la couleur blanche dans une idée absurde de pureté. Elle s'était séché les cheveux, les avait attachés et coiffés en arrière comme je lui avais appris à le faire.

Elle me regardait, dans l'expectative.

« Lilian, je t'ai donné un travail et un toit… »

Elle continuait à me regarder, perplexe.

« Et maintenant je dois te renvoyer. »

Ses yeux aussi sombres que sa peau s'emplirent lentement de larmes, elle se frottait le nez.

« Tu sais de quoi je parle, n'est-ce pas ? »

Elle acquiesça.

« C'était ta faute ou la sienne ? »

Elle hésitait, elle se tordait le visage en serrant ses lèvres pulpeuses.

« *È culpa minha.* »

Elle l'avait dit dans un murmure, je la fis répéter à haute voix.

Trois

Je regardais la sirène accrochée au mur et moi aussi j'avais maintenant l'impression qu'elle était prisonnière de sa queue incrustée de coquillages. Rita me regardait tranquillement. Je sentais mes joues en feu.

« La fille… Lilian, qu'est-elle devenue ?

– Je lui ai trouvé une place comme baby-sitter dans une famille italienne. Je suis allée la saluer avant de partir. Elle était devenue une jeune femme, elle allait se marier. Elle me remerciait en pleurant, elle voulait me baiser les mains, je l'avais sauvée. Au fond, je l'avais éloignée d'un danger.

Rita s'était levée, elle avait mis de l'eau à bouillir.

« Nous avons bu assez de café, passons au thé.

– Mais comment as-tu pu rester avec lui ? »

Elle souriait avec ses fossettes irrégulières.

« Après ma conversation avec Lilian, je lui ai demandé des explications. Haru m'a répondu que c'était arrivé comme ça, qu'il était un homme et que cette fille lui tournait tout le temps autour; il m'a juré qu'il ne le ferait plus. Il m'a demandé pardon. J'ai accepté ses excuses et nous avons vécu une période heureuse. Mon fils est revenu, il a peu à peu repris les rênes du restaurant et aussi de la *pousada*. Je pense que Haru a recommencé presque aussitôt à coucher avec des fillettes, mais il le faisait en dehors de la maison. Il les payait. Je m'en suis rendu compte très tard. Giovanni m'a ouvert les yeux, tout le monde le savait même si personne ne me l'avait dit. Alors je lui ai raconté l'histoire de Lilian et j'ai décidé de m'en aller. Quand Haru a compris que j'allais partir, il était d'abord au comble du désespoir, puis il s'est mis en colère comme jamais auparavant. Il tenait à moi à sa façon. Il hurlait que j'étais folle de réagir de cette manière, au Brésil on avait une conception différente du sexe, ce n'était pas sa faute, ces filles n'étaient pas des femmes comme nous, elles avaient eu d'autres expériences…

Tout en parlant, elle avait pris la boîte à thé et m'en avait présenté le contenu : il y en avait de toutes sortes. Elle sortit d'autres tasses, d'autres petites cuillères. Chacun de ses gestes était calme, elle marchait et se mouvait avec une placidité incroyable. Son corps replet semblait dépourvu de lourdeur et d'ossature, comme s'il avait assimilé chaque conflit, chaque violence, chaque douleur. Mais elle n'avait pas perdu le goût de faire plaisir aux autres grâce à sa cuisine. Elle remplissait à présent la bouilloire au robinet.

« Lorsque je suis rentrée, Pietro et toi vous étiez mis ensemble. Avant de venir à Milan, j'ai passé quelques mois à Rome chez Maria. Nous nous étions déjà réconciliées, elle m'avait écrit au sujet de Pietro et toi. Et moi je lui avais raconté tout ce qui m'était arrivé. »

Je pris un sachet de thé à l'églantier. J'étais confuse et troublée par son histoire.

« Vous vous êtes retrouvées dans un moment difficile pour toutes les deux, je comprends.

– Non, au fond, c'était une période heureuse pour moi, je me sentais à nouveau libre, même si j'avais renoncé à l'amour, ou peut-être était-ce précisément pour cette raison. Mais pas pour elle, elle se tourmentait encore au sujet Pietro, en proie à l'obsession que je connaissais si bien. Son imagination s'emballait frénétiquement en pensant à toi et lui. Elle en oubliait la crise entre eux avant votre rencontre. Elle avait maigri, mais ce n'était pas à lui qu'elle en voulait, c'était toi la responsable de l'échec de son mariage. Je lui ai dit de t'écrire pour faire ta connaissance et je lui ai promis de revoir Pietro à Milan, je t'aurais alors rencontrée et je lui aurais tout rapporté. Nous passions nos soirées ensemble comme au Brésil, au début de son séjour, entre rires et larmes. Attends, je vais te montrer quelque chose. »

Elle était sortie de la pièce. Le sifflement de la bouilloire imitait celui d'une bombe prête à exploser. La sirène au mur me souriait, elle lui ressemblait, comme l'avait dit le Japonais. La cuisine de Rita, de même que l'appartement de ma mère et certainement celui de Maria, était remplie d'objets appartenant à des époques précédentes, achetés en compagnie de quelqu'un lié à un autre moment de leur vie. Dans notre appartement avec Pietro, nous possédions peu de choses, il était parti de chez lui sans rien emporter. Nous parlions toujours de louer un véritable appartement, d'acheter des meubles et de l'aménager. Le ferions-nous un jour ?

Rita était revenue avec une photo.

« Regarde, je l'ai prise avec mon téléphone puis j'en ai fait un tirage. »

Elles se serraient dans les bras, leurs têtes l'une contre l'autre ; Maria avait les yeux brillants, peut-être avait-elle pleuré.

« J'aime cette photo, on y perçoit l'atmosphère qui régnait entre nous à mon retour. Nous parlions de tout jusqu'à la tombée de la nuit, de notre jeunesse, des enfants, de mon mari lorsqu'il était devenu fou, et surtout de Pietro et toi. »

J'avais posé la photo sur la table.

« J'essayais par tous les moyens de lui expliquer que tu n'étais pas la cause de sa douleur, que tu n'y étais pour rien. Son esprit fourmillait d'images, de détails. Tu ne sais pas combien l'imagination d'une femme peut être fertile, combien elle est capable de se torturer, de grossir les choses, d'attribuer des mots, des pensées, de fonder des raisonnements sur du vide. Et derrière tout cet échafaudage fictif, c'était toujours toi et seulement toi, Pietro n'existait presque plus. Si seulement j'avais pu te faire disparaître, t'éliminer, tu serais devenue toute petite, inutile, vulnérable, inexistante, réelle. Comme Lilian. »

Je m'étais levée d'un bond.

« Mais ça n'a rien à voir, je ne veux absolument pas être comparée... »

Elle m'avait pris le bras.

« Attends, reste. Tu es en train de réagir exactement comme elle, comme moi. Je ne parle pas de toi, mais de l'image que s'est forgée Maria. Tu comprends ? Je t'ai raconté ce qui m'est arrivé justement pour te le faire comprendre ! »

Elle avait haussé la voix, elle était agitée, elle avait perdu son calme habituel.

« Tu es venue me voir pour savoir tout cela, non ? Et peut-être cherches-tu aussi à savoir pourquoi tu t'es intéressée au fils de ta rivale. »

Je m'étais rassise.

« Rivale... quel mot absurde ! Je suis venue parce que c'est toi qui m'as mise dans cette situation. Tu es à l'origine de ma rencontre avec Maria et puis tu as aussi poussé Francesco... »

Elle s'était assise devant moi, elle me regardait droit dans les yeux.

« Lorsque je suis rentrée du Brésil, Francesco m'a demandé des nouvelles de Lilian qui n'avait jamais répondu à ses lettres. Il avait tout compris avant moi, il avait vu Haru entrer dans sa chambre. Lorsqu'il est venu ici, vous êtes sortis ensemble, naturellement. Pietro est toujours à l'étranger, toujours absent. Francesco s'est confié à toi et il t'a paru plus vivant, plus jeune et plus désirable que son père... »

Les choses s'étaient passées plus ou moins ainsi, même si je n'aurais jamais employé ces termes. J'étais d'une génération différente. Nous n'avions pas à analyser ni à comprendre. Et puis à quoi lui avait servi toute cette profondeur d'esprit ? À rien. Haru couchait avec des filles brésiliennes qui ne connaissaient depuis l'enfance que la rue, le sexe, la violence. Rita lui avait tout pardonné pour garder l'ombre d'un homme, comme Maria aurait tout pardonné à Pietro s'il était rentré à la maison, comme ma mère avait tout pardonné à mon père juste pour l'avoir, le soigner et l'aimer jusqu'à la fin. Mais quel amour était-ce que le leur et qu'avaient-elles à nous enseigner ? À quoi avaient servi leur clairvoyance, les années de liberté qu'elles évoquaient toujours, l'amitié entre femmes qu'elle avait voulu me montrer sur la photographie ?

Maintenant, je n'avais plus peur de la regarder dans les yeux moi aussi.

– Écoute-moi, Rita, il est possible que je sois tombée dans un piège avec Pietro : professeur, étudiante, une histoire vieille comme le monde... Mais votre monde est plus ancien que le mien. Et cette photographie, votre prétendue solidarité, a détruit toute possibilité d'avoir une relation vraie avec un homme. Si Pietro savait que je suis ici, s'il savait ce que nous nous sommes dit, tout serait terminé entre nous. »

Elle croquait lentement un morceau de biscuit.

« Pourquoi ? Si vous ne résistez pas au choc de la connaissance l'un de l'autre, votre histoire se terminera de toute façon.

– Vous avez toujours réponse à tout, je vois.

– En attendant je suis seule dans cette pièce, et dans la vie en général. Non, je n'ai pas de réponses, je ne connais que les histoires qui me sont arrivées, tu peux en juger les conséquences, si tu veux. Mais je te souhaite sincèrement d'être heureuse avec lui, Elena. Maria a enfin quitté la scène, vous êtes seuls désormais, lui et toi. »

Elle avait souri de nouveau.

« Je veux dire *ensemble* lui et toi. Tu n'es tout de même pas jalouse de Maria ?

– Moi ? Jalouse d'elle ?

– C'est une femme intéressante, tu sais, il n'est pas facile de l'oublier, mais je vous souhaite d'y parvenir. J'aime beaucoup Pietro, et tu as traversé toi aussi pas mal d'épreuves. Francesco m'a dit qu'il partait, il va s'installer à Berlin chez sa sœur. Ainsi tout rentre dans l'ordre et ils vécurent heureux comme dit le conte de fées. »

Plus qu'un vœu, ces mots résonnaient comme une menace.

Quatre

Pietro m'avait demandé où je voulais fêter l'anniversaire de notre histoire. Il avait employé précisément ces mots : « notre histoire ». Il n'y avait rien de mal à cela, mais après tout ce que j'avais vécu l'année écoulée, cela me paraissait une dénomination étrange, à la fois trop profonde et trop superficielle. Une histoire est une trajectoire, tranquille ou accidentée, avec un début et une fin. Moi je me sentais dans un présent incertain. Mais il ne se doutait de rien. Il m'était reconnaissant de ce temps où nous avions habité avec son fils. Il répétait parfois que ma présence l'avait fait mûrir. Ma mère considérait Pietro comme un homme avec des kilomètres au compteur, une sorte d'entraîneur : « il t'aidera à te sentir à l'aise », m'avait-elle dit. Peut-être avais-je eu le même rôle pour Francesco.

« Si tu savais sur quel ton tranquille et décidé il a répondu à sa mère. C'est elle qui me l'a raconté. Elle ne l'avait jamais vu comme ça. Maintenant il nous écrit régulièrement, les mêmes messages mot pour mot, nous les avons comparés. »

Nous faisions nos valises, elles étaient posées sur le lit, face à face ; nous les avions achetées un ou deux ans plus tôt à l'occasion de notre premier voyage en amoureux.

« Que vous écrit-il ?

– Il va bien, il fait un stage dans une agence de graphisme que sa sœur lui a trouvé. Il dessine bien, il doit tenir ce talent de Maria. Cela lui plaît beaucoup, il voudrait continuer et rester à Berlin. Il sort avec une fille.

– Ah bon ?

– Oui, une amie de sa sœur, plus âgée que lui. Francesco est beau, il a toujours eu du succès, même auprès des amies de Maria. Il m'écrit parfois de te saluer.

– J'imagine que ça, il ne l'écrit qu'à toi. »

Il avait ri.

Quel garçon étonnant et charmant ! Il séduit les femmes plus âgées que lui. La dyslexie, ses airs de petit garçon, ses yeux bleus. J'y avais succombé moi aussi.

« À quoi penses-tu ? »

Il me regardait, une paire de chaussettes de tennis à la main.

« À rien, pourquoi ?

– Je t'ai demandé si tu veux que je les prenne, si tu as envie d'y jouer.

– Mets-les dans la valise et on verra bien.

– Qu'est-ce qui te prend ?

– Rien, mais il fera peut-être trop froid pour jouer.

– J'ai vu les prévisions météorologiques, il devrait faire beau sauf le lundi de Pâques. De toute façon, depuis que je suis né, il pleut systématiquement le lendemain de Pâques. »

Il était très méticuleux pour faire les valises ; il avait l'habitude avec tous ses allers-retours à Bruxelles. « Seulement l'indispensable, toujours voyager léger. » Mais nous avions perdu la légèreté des premiers temps. C'était de mon fait, je crois que lui me voyait toujours de la même manière. Un jour, j'avais, à son insu, sorti de son portefeuille ma photo en bikini sur la chaise longue au bord de la mer. J'avais maintenant l'impression que c'était une autre femme qui souriait en exhibant son corps svelte, la jeunesse triomphante, la simplicité de l'amour qui ne se pose pas trop de questions. Le sexe, avant même les mots, s'était ressenti de ce changement entre nous. Je me demande s'il s'en était aperçu et s'il n'en parlait pas par crainte de s'engager dans des discussions et des raisonnements qui lui rappelleraient son mariage. Mais les couples finissent par s'épouser, sans s'en rendre compte, sans le vouloir, sans accord préalable. Les corps se demandent : « Et que faire maintenant ? Comment aller de l'avant ? Que va-t-il se passer ? » Ainsi les nôtres se cherchaient moins le soir, mais se réveillaient enlacés la nuit et faisaient l'amour presque sans nous, tenaillés par la peur de se perdre.

Nous nous rendions en Ombrie, dans une ferme de l'autre côté d'Orvieto. Depuis la piscine, comme l'expliquait la propriétaire, on voyait au loin la cathédrale, la façade aux mosaïques dorées qui brillaient sous le soleil promis par la météo. Des journées paisibles, nous parlions peu, nous mangions et buvions beaucoup, nous lisions, nous jouions au tennis. Ce sport nous plaisait à tous les deux, surtout à lui. Le tennis lui permettait de ne penser à rien, si ce n'est à renvoyer la balle. Mais moi je me déconcentrais et je l'envoyais en dehors du terrain.

« Si tu n'as pas envie, on arrête ! »

À quoi pensais-je exactement ? Je me demandais pourquoi il m'avait amenée ici, qui lui avait conseillé cet endroit. Deux amis de Bruxelles, m'avait-il dit. À côté de nous, il y avait un couple avec deux enfants. La fille assise à table avait une dizaine d'années, son père lui coupait la viande. Le garçon était encore sur une chaise haute, sa maman se levait pour réchauffer son biberon, elle le lui donnait puis l'endormait en le berçant.

Je les croisais le matin devant le poulailler ou l'écurie, les enfants restaient des heures à observer les poules et les chevaux. La fille prenait des cours d'équitation, son père la regardait et lui adressait des sourires de temps en temps. Au tennis, je perdais le fil en pensant à eux. Où étaient-ils partis ? Peut-être étaient-ils allés visiter Orvieto ou acheter des jouets. Un jour, à côté de la porte de notre chambre, j'avais ramassé une petite voiture rouge enfouie dans la terre ; je l'avais rapportée à la mère. Elle lisait, un moment précieux avec tout ce qu'elle devait faire chaque jour. L'enfant dormait dans la poussette.

« Merci, il les sème partout, heureusement nous en avons une collection immense. »

Elle avait peut-être une quinzaine d'années de plus que moi. Je l'interrogeai au sujet des enfants.

« Nous avons eu la première juste après notre mariage, le second est arrivé par hasard, j'étais déjà un peu âgée. Et, vous, vous avez des enfants ?

– Non, c'est-à-dire moi non. Mon… mon compagnon en a trois déjà grands. »

Elle hocha la tête sans rien ajouter. Je me sentais attirée par cette femme, par la manière dont elle était allongée le livre à la main, les jouets éparpillés dans l'herbe à côté de son fils endormi.

« Ils occupent tout votre temps, n'est-ce pas ? »

Elle écarquillait les yeux.

« Oh oui ! J'ai l'impression que cela fait un siècle que n'ai pas dormi une nuit entière. Un jour, pour mon anniversaire, nous les avons laissés à ma belle-mère. Le croirez-vous, je me suis réveillée encore plus tôt que d'habitude. Maintenant je les ai gravés dans mon esprit, il faudra attendre qu'il grandisse lui aussi pour que je dorme à nouveau. »

Elle le regardait. Je m'éloignai et, en me retournant une nouvelle fois, je vis son mari venir vers elle. Ils échangèrent un baiser rapide dans cet instant de tranquillité.

Le soir, au dîner, ce fut là que tout commença. Pietro avait choisi le vin, il en discutait avec le serveur. La ferme disposait d'une cave bien fournie. La famille était assise un peu plus loin.

« Goûte-le, celui-ci est vraiment particulier. »

Je sirotais mon verre en acquiesçant, mais je n'y connaissais rien. Il prit ma main posée sur table.

« Avec Maria, vous alliez dans des endroits comme celui-ci lorsque les enfants étaient petits ? » lui demandai-je à brûle-pourpoint.

Je m'aperçus alors que je n'avais fait qu'y penser. Le bois, la maison, la salle à manger, la piscine, les animaux étaient le décor d'une autre histoire, la même que celle de nos voisins de table, une histoire dont je me sentais à présent exclue.

Sa main s'était raidie.

« Oui, nous sommes allés quelques fois dans des agritourismes à la campagne, mais pas ici. Pourquoi me le demandes-tu ? »

Que pouvais-je bien répondre ? Cette famille me fait penser à la tienne, ou encore : rien, c'était juste une question comme ça. Ce n'était pas possible d'envoyer éternellement la balle de l'autre côté du filet, boire de grands vins, faire l'amour, lire, commenter les journaux, travailler. Il manquait quelque chose. Je ne ressentais pas de désir d'enfants, mais j'enviais la complicité amoureuse contenue, à la dérobée, que je voyais entre nos deux voisins.

« Le matin, lui dis-je, pendant que tu passes des coups de téléphone, je fais une promenade. Je rencontre toujours cette maman et ses deux enfants, là, devant le poulailler. La patronne du gîte ouvre la grille, elle entre pour prendre des œufs frais. Toutes les poules caquettent furieusement. Le garçon rit. La fille, elle, est sérieuse et un peu apeurée. Puis leur père arrive, peut-être se relaient-ils pour prendre une douche, c'est en tout cas ce que j'ai imaginé. J'aime les regarder et j'ai pensé à toi, à ta vie d'avant avec Maria et vos enfants. Et je me suis demandé comment tu étais, quelle différence y a-t-il entre nous aujourd'hui et vous alors ? Tu m'as un peu raconté pourquoi votre mariage s'était terminé, mais rien sur l'époque où vous vous aimiez, où vous avez eu vos enfants. »

Il avait lâché ma main, il buvait une gorgée de vin. J'avais aussitôt repris la parole, je sentais en moi une agitation grandissante. Soudain, j'eus de nouveau l'impression que Maria était à côté de moi, qu'elle choisissait les mots sortant de ma bouche. Même ma voix était celle d'une femme plus âgée.

« Mes questions te blessent, je le sais. Mais je ne peux pas m'empêcher de les poser. Et puis pourquoi te blessent-elles après tout ? C'est normal que j'aie envie de te connaître ! Nous sommes ensemble depuis peu de temps, en comparaison de toutes les années que tu as passées avec elle. »

Il avait jeté un regard à la famille qui s'était levée de table, elle était installée plus loin de nous. La salle à manger était bondée, pour le samedi de Pâques.

« Elles ne me blessent pas. Je te comprends et je suis désolé de ne pas pouvoir t'offrir la vie de ce couple, je suis désolé de l'avoir déjà vécue, mais peut-être est-ce aussi un grand avantage, tu sais.

– Pourquoi ? »

Il avait poussé un soupir, comme si ce qu'il s'apprêtait à me dire lui coûtait beaucoup.

« Tu crois que je ne sais pas, que je ne me rends compte de rien. Je suis souvent à l'étranger, je suis aussi distrait, mais je suis encore maître de ma vie. J'ignore ce qui a changé entre nous et pourquoi, mais je savais que cela arriverait. Tu veux que je te raconte et je vais le faire. Pourquoi avoir peur ? Nous courons plus de risques à nous taire. Tu n'as jamais été une simple aventure à mes yeux, même lorsque j'étais ton professeur, tu étais la possibilité d'une nouvelle vie. Je pensais que nous avions chacun de nombreuses vies, mais en réalité ce ne sont que des pancartes différentes accrochées au même arbre. Le tronc du mien comporte un certain nombre d'anneaux, le tien en a encore très peu. »

Avant qu'il entame son récit, je lui pris la main, je la serrais, j'avais peur finalement de ce qu'il s'apprêtait à me dire.

Pietro

Maria avait vingt ans lorsque nous nous sommes vus pour la première fois, elle était plus jeune que toi. Nous étions à la montagne avec un groupe d'amis, elle s'était jointe à nous. Je passais d'une fille à une autre, je ne parvenais jamais à rester fidèle. Rita était ma confidente, elle était amoureuse de moi et, lorsqu'une histoire se terminait, j'allais dormir chez elle. Aujourd'hui, c'est difficile d'expliquer la promiscuité qui régnait à cette époque. Mais peut-être est-ce toujours ainsi quand on est jeune, même si cela reste de l'ordre du fantasme, on rêve d'avoir le plus grand nombre de flirts possible. Pour moi c'était même une injonction. J'ai grandi avec un père toujours en déplacement. Ma mère l'attendait et se confiait à moi, et non à mon frère. Il était plus jeune et vivait sa vie. J'ai été le petit homme de ma mère en l'absence de mon père, son confident, comme Rita l'a été ensuite pour moi, mais l'écoute que peut offrir un être cher n'est jamais neutre. Ma mère souffrait des absences de son mari, et aussi de ses infidélités lorsqu'elle en a eu connaissance. Il m'arrivait de le détester, mais je crois qu'en réalité je l'admirais et l'enviais. Il partait, il nous abandonnait, il rentrait, il nous retrouvait. Je tenais la main de ma mère, mais j'aurais voulu faire comme lui et l'abandonner. J'ai quitté la maison dès que possible et je n'ai plus jamais eu de véritables liens avec mon père. En vieillissant, il est tombé malade et a cessé de voyager, et elle l'a enfin eu pour elle seule.

J'ai très souvent changé d'appartement avant de rencontrer Maria, pas aussi souvent que de petite amie, mais en tout cas assez souvent pour en avoir oublié certains. J'habitais avec des amis, avec ma fiancée du moment, ou seul. Les appartements ne manquaient pas et ne coûtaient pas trop cher.

Ce jour-là, à la montagne, nous avions un problème de répartition : trois chambres avec deux lits, trois filles et trois garçons. Cela pourrait avoir l'air parfait, mais aucun garçon n'était en couple avec l'une des filles, l'attribution des chambres aurait donc déterminé qui coucherait avec qui. Durant le dîner, Maria ne parlait pas beaucoup, elle fumait et de temps en temps me lançait un regard. Je buvais, mais je plaisantais moins que les autres. Technique éprouvée : ne pas rouler des mécaniques, ne pas leur courir après. Tu donnes l'impression que tu n'y penses absolument pas, tu ne les regardes même pas, pour rien au monde tu ne voudrais finir au lit avec l'une d'entre elles. Les femmes aiment le silence.

Elle me plaisait plus que les deux autres, mais moins que certaines que j'avais fréquentées. Elle était maigre, une fille avec peu de poitrine, brune, les cheveux très longs. Quand nous nous sommes mis ensemble, elle les a coupés et les a ensuite toujours portés ainsi. Les cheveux courts chez une femme m'électrisent, le cou dénudé, la naissance des oreilles, la nuque. Et je dois l'admettre, bien que cela fasse très années cinquante, les poitrines généreuses m'excitent. Elle avait tout faux. Je sais qu'il en va souvent ainsi, l'élue se distingue de la masse pour des raisons étranges et incompréhensibles. Mais, en remontant à présent dans les souvenirs, cela me paraît parfaitement explicable.

Nous finîmes dans la même chambre par défaut, même si Maria a toujours soutenu qu'elle avait décidé de dormir avec moi et avait convaincu les autres. Elle se déshabille dans la salle de bains et réapparaît en chemise de nuit de flanelle, avec des pantoufles et une queue-de-cheval. Je me rends compte que j'ai oublié mon dentifrice. Elle étale le sien directement sur ma brosse à dents et nous nous lavons les dents ensemble. Elle les brosse au rythme d'un petit air qu'elle chantonne avec le dentifrice qui fait des bulles. Je m'y mets aussi, nous frottons, nous rions, nous crachons ensemble à la fin. Nous nous glissons dans les lits simples tels des frère et sœur. Déconvenue totale. Elle me souhaite une bonne nuit et s'endort en un clin d'œil. Pendant notre mariage, elle est devenue presque insomniaque et quand je lui rappelais notre première nuit, elle me disait : « Je faisais semblant, il fallait surtout éviter de m'offrir à toi sans que tu aies à lever le petit doigt. »

Au matin, elle dormait comme une enfant. Une jambe nue sortait du drap, je l'ai caressée et elle n'a pas bougé, je suis certain qu'elle ne faisait pas semblant. C'est ainsi que débuta notre vie ensemble, aussitôt intime et familière. La deuxième nuit, lorsque se sont ajoutés les plaisirs du sexe, je ne pouvais plus me passer d'elle. Je ne contrôlais pas mon excitation, aucune des techniques que je connaissais ne fonctionnait. J'étais assez désarmé, je crois que ça lui plaisait, et à moi aussi, même si cela me faisait peur. Pour la première fois, je désirais physiquement une femme et je voulais aussi me laver les dents à ses côtés, m'endormir le soir dans son lit, prendre le petit déjeuner avec elle, partager la salle de bains et l'ennui de la vie à deux. Maria était légère dans chacun de ses gestes, elle inventait un repas même si le frigo était vide, elle portait jupes, pantalons et pull-overs comme si elle venait de les emprunter. En général, elle les tirait d'une pile qu'elle avait faite sur une chaise ou un fauteuil. Quand nous sortions, elle mettait un foulard pour nouer ses cheveux longs, puis un béret, après les avoir coupés pour me faire plaisir. Elle ne prévoyait rien, étudiait avec une grande concentration, mais à n'importe quelle heure de la journée : elle n'avait pas besoin de table, elle se contentait du lit ou bien d'un coussin dans un coin. Elle ne rangeait jamais. Elle aimait l'improvisation. Elle voulait être différente de sa mère, méthodiquement, obstinément. La peur de cette intimité que j'avais ressentie dès le premier soir disparut en moi : une femme de ce genre n'accumulerait jamais de rancœur, elle ne se sentirait jamais abandonnée, elle n'exercerait jamais de chantage sur moi ou nos enfants si nous en avions un jour.

Elle est tombée enceinte de Tommaso un an après notre emménagement. Il ne lui est jamais venu à l'idée d'avorter, bien qu'elle ait participé aux manifestations en faveur de la loi. Elle n'a voulu personne à ses côtés pour lui apprendre comment faire. Je revenais le soir du travail où l'on m'exploitait pour un salaire de misère, et les retrouvais endormis enlacés. Elle donnait le sein au bébé quand il avait faim, préparait les examens de l'université, dormait quand elle le pouvait. Avant de rentrer, je m'arrêtais acheter de quoi dîner dans un petit restaurant où nous allions souvent. Je marchais avec le sac brûlant dont s'échappait le fumet des *involtini*, des *fettucine* ou autre *polpettone*. Derrière la fenêtre éclairée du second étage, il y avait ma femme et mon enfant, chair de ma chair, os de mes os. Cela peut paraître grandiloquent, mais c'était comme ça. La nuit, je me levais, je prenais Tommaso et le lui amenais, nous nous rendormions tous les trois blottis en cuillère.

Tout le reste, la deuxième maison, le deuxième enfant, son travail, ma carrière viennent de ces années où nous avons vécu dans un paradis terrestre qui n'appartenait qu'à nous. Pendant les déjeuners en famille chez mes parents et les siens, nous échangions des regards et des sourires : nous devions nous retrouver bientôt, loin de ces obligations absurdes, les mensonges, les habitudes. J'observais ma mère et mon père : elle était aux petits soins avec lui tandis qu'il m'interrogeait sur mon travail, ma carrière, comme si c'était tout ce qui l'intéressait de moi. Avec Maria, aucun sujet n'était plus sérieux qu'un autre, les informations du journal, mon concours, les dents des enfants, leurs dessins, les vacances, tout s'entremêlait librement et était à nos yeux d'égale importance. Oui, c'était possible, nous pouvions être différents d'eux.

Je délaissais les amis, j'étais trop occupé à être heureux. Je ne l'ai pas regretté, on ne peut pas tout faire.

Ce ne sont ni le temps ni les difficultés de la vie à deux qui nous condamnent à retomber dans des rôles et des vices vieux comme le monde. Le véritable écueil, le seul, est la connaissance l'un de l'autre : se connaître, ou croire se connaître. Résumer l'autre en quelques mots, le prendre pour qui il n'est pas. Peu à peu, d'autres figures ressurgissent, d'autres femmes, d'autres hommes, et ils se confondent avec la personne à tes côtés, ils prennent sa place. Ni l'un ni l'autre n'ont plus le courage de déroger à cette image forgée, de retrouver les raisons qui nous ont poussés à choisir de vivre d'une certaine manière. Le sentier battu est le plus facile à prendre, il est emprunté depuis bien plus longtemps que ta propre voie, une sécurité en somme. Seulement, c'est comme porter une paire de chaussures une pointure en dessous de la tienne. Ton pied qui marchait jusque-là nu et libre ne tient plus dedans ; la chaussure te serre, mais tu n'as plus le courage de l'enlever.

Nous sommes dans la cuisine, après le repas, les enfants dorment, nous ferons la vaisselle plus tard, maintenant nous discutons. Maria fume une cigarette, interdite lorsque les enfants sont dans les parages. Elle pose ses jambes tendues sur les miennes. Elle a le visage tiré, je m'en aperçois, elle est fatiguée. Elle me demande comment va le travail, je lui raconte qu'une nouvelle est arrivée à l'institut, je la décris.

« Elle est jeune, plutôt jolie, mais elle ne sait rien. Nous devons l'intégrer maintenant mais où ? Comment ? Évidemment, beaucoup se sont proposés pour l'"aider".

– Parce qu'elle est jeune et jolie ?

– Je suppose... »

Un silence, elle éteint sa cigarette, retire ses jambes des miennes.

« Et toi, tu vas l'aider ? »

Je ris.

« Non, je ne crois pas. Il vaut mieux que ce soit quelqu'un de libre, moi j'ai une famille.

– Mais tu voudrais l'être ?

– Quoi donc ?

– Libre… sans famille.
– Voyons, Maria, quel genre de question me poses-tu ?
– Quel genre de question ? À la manière dont tu l'as décrite, j'ai pensé que tu aimerais être libre et pouvoir lui faire la cour, c'est normal. »

Le piège est tendu dans le mot « normal », mais je ne le vois pas.

« Bien sûr que de temps en temps j'aimerais être libre, qui n'aimerait pas l'être ? »

Elle me fixe des yeux.

« Moi.
– Tu n'aimerais pas être parfois seule et libre, sans enfants, sans mari ?
– À l'heure actuelle, je n'arrive même pas à le concevoir, mais peut-être que toi tu peux. »

Tel a été le premier dialogue, prototype d'un million d'autres de ce genre. Pas uniquement sur le thème de la jalousie. Moi aussi je suis jaloux, depuis toujours, nous en plaisantons et nous nous surveillons réciproquement. Non, c'est quelque chose de nouveau qui s'est insinué entre nous. Des ombres, des fantômes sont venus habiter notre maison. Un jour, je vois un vase bizarre que j'ai l'impression d'avoir déjà vu quelque part.

« Qui te l'a donné ?
– Ta mère. Il est beau, non ? »

Il est horrible, mais je n'ai pas le courage de la contrarier et de contrarier ma mère à travers elle.

Je rapporte des cadeaux de mes voyages, pour elle et pour les enfants. Je me rends compte que je les achète de plus en plus souvent à l'aéroport. Je me souviens d'une dispute terrible de mes parents, ma mère jetait nos cadeaux et les siens à la poubelle en hurlant à mon père : *L'amour ne s'achète pas, il ne s'achète pas !*

Nos sujets de discorde sont nombreux désormais : ma présence à la maison et ce que je fais lorsque je suis là, les décisions à prendre et le moment de les mettre en œuvre, les enfants et son travail, le mien, les vacances... Mais ce n'est plus comme avant, elle croit maintenant savoir ce que je pense et ne dis pas, ce que je dis et ne fais pas, ce que je fais et ne dis pas. Moi je crois savoir quand elle est irritable, si sa colère monte, si elle est agressive, si elle me fera passer un interrogatoire, si elle va m'attribuer des notes. Alors il m'arrive de plus en plus souvent de ne pas rentrer à la maison, de voyager et même de coucher avec une autre. Je le sais bien, cela a l'air d'être une excuse, c'est ce qu'ils disent tous, je l'aurais fait de toute façon et c'est inévitable avec le temps qui passe. Et pourtant, au fond, je n'en suis pas persuadé. Je veux, je souhaite de toutes mes forces sa liberté et la mienne. Celle des premières années. Je veux qu'elle mette un foulard dans ses cheveux, qu'elle laisse tout en désordre, je veux aller au restaurant prendre du *polpettone*. Le problème, ce ne sont pas les enfants ! Eux grandissent de toute façon et ils seraient bien contents si nous les laissions tranquilles. Le problème, c'est nous. À dire vrai, elle est en train de devenir sa mère et moi mon père. Malgré toutes les promesses que nous nous sommes faites. Ce n'est pas vrai que je suis attiré par la jeunesse… évidemment je le suis ! Les jeunes sont beaux par définition, qui pourrait le nier ? Mais moi je veux sa jeunesse et la mienne, et je n'en vois plus trace dans son regard. Elle peut mettre toutes les crèmes qu'elle veut, aller à la salle de sport et jeûner pour rester maigre, cela m'est complètement égal.

Un soir, nous rentrons d'un dîner et il lui arrive une chose très étrange, peut-être a-t-elle trop bu, nous ne l'avons jamais vraiment compris. Les médecins ont parlé d'amnésie globale transitoire, elle a passé une IRM, fait des analyses, rien. Elle sort de la salle de bains et me regarde. *Qui es-tu*, me dit-elle. Elle ne sait plus rien d'elle, de moi, de la maison, des enfants… J'essaie de lui faire revenir la mémoire, mais elle panique, alors je la prends dans mes bras et elle m'embrasse comme elle ne l'avait jamais fait, même dans sa jeunesse. Elle me déshabille et caresse chaque partie de mon corps, elle le découvre en cet instant, comme si nous venions de nous rencontrer. Et c'est exactement ce que je ressens, elle est une autre femme. Différente de celle que j'ai connue, elle est puissante et merveilleuse, elle ne ressent pas de peur, et, de ses gestes, elle m'invite à chasser la mienne, à la regarder, à être avec elle, à prendre son corps. J'obtempère et j'oublie ce que je sais, ce qui me fait peur et que l'on m'a appris, même avec les femmes avec lesquelles je couche pour vérifier que tout fonctionne encore. Ce qui se passe alors entre nous est nouveau pour nous deux, et depuis lors, c'est ce que j'ai toujours recherché, d'abord avec elle et maintenant avec toi.

Cette nuit-là, nous avons conçu notre dernier enfant, magnifique et imparfait.

Cinq

Le lundi de Pâques, il pleuvait comme prévu. Nous errions entre notre chambre, le restaurant et la salle commune où les enfants du couple jouaient. Il tombait des trombes d'eau, un déluge de fin du monde. À côté de l'immense cheminée, le père lisait à la petite fille l'histoire de l'arche de Noé et elle observait la pluie battante sur les vitres. Le vent fouettait les arbres et il faisait déjà nuit. Nous étions prisonniers et transis de froid, les raquettes rangées dans leur housse. Seuls, lui et moi, comme l'avait prédit Rita. Pietro sortait de la douche, s'habillait, lisait, se glissait dans le lit et moi j'étais traversée par des souvenirs qui n'étaient pas les nôtres, d'innombrables moments venus d'une autre vie. J'étais certaine qu'il lui arrivait la même chose, maintenant qu'il avait eu le courage de me raconter, de partager avec moi la manière dont il avait vécu ces années, dont il avait séduit Maria et dont il avait cessé de l'aimer. Je le savais à présent : il est impossible de s'en sortir seul, nous sommes une chaîne d'histoires d'amour, emboîtées les unes dans les autres, et les échecs nous sont donnés en partage. J'avais perdu la légèreté qui avait été mon mantra. J'étais le fruit d'une lignée de femmes venues avant moi, comme lui était issu d'une lignée d'hommes, y compris de celui qu'il avait été avec Maria.

Le ciel déversait l'eau sur nos têtes. Nous étions étroitement enlacés sous les draps. Nous nous sommes aimés ces jours-là, je le sais. Ils ont été les plus importants de notre courte vie commune, non seulement parce que ce furent les derniers, mais parce que nous avions tous deux perdu l'illusion qu'il est toujours possible de recommencer à zéro, sans nulle trace du passé, comme si nous étions des tableaux noirs prêts à être effacés, écrits, puis effacés de nouveau.

Il cessa de pleuvoir et nous nous rendîmes à Orvieto. Nous marchions dans la ville en nous tenant par la main, nous parlions peu. Nous entrâmes dans la cathédrale ; assis sur un banc dans la chapelle, nous regardions au-dessus de nos têtes les scènes de l'Apocalypse et de la fin du monde peintes par Luca Signorelli. Une multitude de corps d'hommes, de femmes, d'enfants cherchant la fuite, des foules se dispersant en panique, tentant de se protéger d'une catastrophe qu'ils ne comprenaient pas. Le soleil et la lune s'étaient obscurcis, les navires dansaient sur les lames d'une mer déchaînée.

Nous nous hâtâmes de sortir. Dans un restaurant, transis de froid, nous commandâmes du vin rouge et des grillades.

Pietro me regardait.

« Qu'est-ce que tu as ?

– Rien, pourquoi ? »

Je faisais rouler entre mes doigts croisés une boulette de mie de pain, un jeu que je faisais avec mon frère pour les dédoubler. J'aimais Pietro, pour rien au monde je n'aurais voulu le faire souffrir, mais je ne pouvais plus être la fille dont il était tombé amoureux. Il avait baissé les yeux.

« Dis-moi ce qu'il y a », murmura-t-il.

Sa manière de me parler m'agaçait, avec son air soumis, suppliant, et m'attendrissait à la fois.

« Nous nous sommes écrit Maria et moi. »

Il leva sur moi un regard incrédule.

« Que veux-tu dire ? Quand cela ?

– Il y a quelque temps. Rita lui a dit de m'écrire sous un faux nom. Tu te souviens de Sara Trovato ?

– C'était Maria ?

– Oui. »

Il avait ramassé sur la nappe la boulette de pain que j'avais abandonnée, il l'émiettait entre ses doigts.

« Cette garce de Rita ! Depuis que nous nous connaissons, elle a toujours cherché à éliminer les femmes avec lesquelles j'étais, l'une après l'autre. Elle avait même essayé avec Maria. Que vous êtes-vous écrit ?

Il rejetait la faute sur Rita, c'était normal, je l'avais fait moi aussi.

« Elle m'a raconté sa vie avec toi. Lorsque vous étiez jeunes, que les enfants étaient petits, le travail et aussi les premières crises. Je ne savais pas que c'était elle. Je lui ai parlé de moi, de toi…

– Que t'a-t-elle dit ?

– Tu ne veux pas savoir ce que moi je lui ai écrit sur toi ?

– Si, bien sûr…

– Non, tu veux surtout savoir ce qu'elle m'a écrit, à moi, à ton sujet. Tu veux savoir si elle ne t'a pas accablé, si elle m'a dit des choses que j'ignorais de l'homme qu'elle a connu ! »

Il me regardait les yeux écarquillés, le front plissé.

« Non, tu te trompes, ce n'est pas ce que je crains. Je t'ai raconté moi-même notre vie et j'ai été sincère.

– En effet, tu as été sincère, mais l'homme qu'elle a connu, je ne sais pas qui il est… et il n'est pas celui que tu as essayé d'être avec moi.

– Bien sûr que ce n'est pas lui. J'ai beaucoup changé avec toi et…

– Attends, Pietro, je ne dis pas que l'on ne change pas au cours d'une vie, je ne pense pas non plus que l'on soit la même personne à tout jamais, mais la question qui s'est posée entre vous est la même… elle sera la même… elle est déjà celle qui se pose entre nous. »

Mes mains, mon visage étaient moites. Nous étions restés seuls dans la salle.

« Explique-toi mieux. »

Je balbutiai.

« Ce n'est pas facile à dire, mais... je ne peux pas faire abstraction de l'homme qui a été avec elle, tu comprends ? C'est pour cette raison que je t'ai demandé de m'en parler. Je ne veux pas être celle avec laquelle tu recommences à zéro, toujours à zéro. Je n'y crois pas, plus maintenant. Avant, j'y croyais, avant de la connaître. C'était même ce que je cherchais, parce que je n'aurais voulu pour rien au monde être pour toi une femme pleine de rancœur, ni la reine des épouses... ni la femme sacrifiée d'un homme qui ne veut pas d'elle. Je voulais être à jamais ta petite amie, légère et souriante. Nous ne pouvons pas avoir d'enfants ensemble, d'accord, nous ne pouvons pas avoir la vie de deux jeunes gens qui espèrent que tout ira bien pour toujours, qu'ils auront des enfants et verront grandir leurs petits-enfants, qu'ils travailleront et réussiront aussi à cesser de travailler... donc c'est impossible de faire comme si l'autre n'avait pas existé. Les problèmes que vous avez rencontrés, nous les rencontrerons nous aussi, parce que tu es toujours Pietro, hier comme aujourd'hui. Tu as été avec d'autres femmes lorsque vous étiez ensemble, elles n'étaient pas importantes, dis-tu, mais ce sont malgré tout des infidélités, cela pourrait t'arriver de nouveau. Comment croire que si tu n'as pas d'enfants, si tu es libre… si tu n'écris pas de lettre au milieu de la nuit après une dispute pour faire la paix, si tu n'as pas bercé d'enfant avant de t'endormir mort de fatigue, et si tu n'as jamais eu à faire d'efforts pour aimer, alors tout se passera sans accroc. Je le croyais, c'est ce que je voulais aussi pour moi, mais plus maintenant, je ne le veux plus. Je veux te connaître au moment où elle t'a rencontrée, je veux changer de génération et avoir ton âge, je veux perdre la certitude que parce que je suis beaucoup plus jeune que toi, tu me désireras toute ta vie. Je ne veux plus de certitudes, je voudrais affronter tant de choses avec toi, Pietro, mais toi tu es déjà passé par là ; avoir des milliers rêves, mais tu les as déjà eus avec elle et ils se sont en partie soldés par un échec. Si nous ne parvenons pas à nous aimer en sachant tout cela, si tu ne peux pas… »

Je me mis à pleurer, sans même m'en rendre compte. Des pleurs, avec de gros sanglots irrépressibles, comme si s'était soudain dénoué un nœud en moi depuis l'enfance. Je n'aurais jamais réussi à m'exprimer clairement, car ce que je ressentais allait au-delà de nous deux et de nos mots, je balbutiais entre les larmes.

« … si tu ne peux pas… si je ne peux pas… assumer tout ça… »

Il ne me regardait pas, il tenait les yeux baissés. Nous restâmes ainsi quelque temps, en silence. Deux serveurs, une femme et un homme, nettoyaient les tables en évitant de se tourner dans notre direction.

En toute autre circonstance, s'il m'avait vue pleurer, il m'aurait prise dans ses bras. Mais il avait peur de ces larmes, cela ne nous était encore jamais arrivé, elles lui rappelaient le passé, il était convaincu de ne plus jamais avoir à les affronter et pourtant elles surgissaient de nouveau. La lettre de Sara Trovato à son mari me revint en mémoire, la tempête qui s'abattait périodiquement sur lui. Peut-être étais-je entrée dans ce bataillon de femmes incomprises et incompréhensibles que je détestais et dont je m'étais juré de ne pas faire partie. Ces sorcières m'avaient jeté leur malédiction.

Je dois avouer qu'à ce moment-là je ne pensais pas à lui, immobile devant moi sans savoir que dire, je pensais à eux deux à la montagne, en train de se laver les dents en chantonnant, construisant, dans l'inconscience de la jeunesse, quelque chose qui dépassait leur vie à venir. *Chair de ma chair, os de mes os*, avait-il dit. Et soudain, j'eus l'impression d'être elle et qu'il était redevenu jeune homme.

« Allez, ne fais pas cette tête, il n'y a rien de si dramatique ! »

Il me regardait, stupéfait.

« Ah non ?

– Non, évidemment, je vais bientôt avoir mes règles, tu sais ce que c'est... »

Il souriait.

« Tu te moques de moi !

– Pas du tout, je te jure, mais peut-être avons-nous grandi un peu, non ?

– Que veux-tu dire ?»

Je me levai.

«Je crois que nous devons partir, ils ferment le restaurant.»

Dans le salon, un groupe jouait aux cartes. Aucune trace de la famille, peut-être dormaient-ils déjà. Nous décidâmes de monter directement, nous nous sentions fatigués. Il se déshabilla dans la chambre, moi dans la salle de bains. Il frappa à la porte, je lui dis d'entrer. Il prit sa brosse à dents, ouvrit le tube de dentifrice. Je lui tendis la mienne. Il sourit en y étalant une bande de pâte. Nous nous lavâmes les dents ensemble, en crachant en rythme, en riant. Nous restâmes dans les bras l'un de l'autre dans le noir sans faire l'amour, éveillés, chacun plongé dans ses pensées. Je croyais qu'il s'était endormi, mais il se mit à parler.

«Tu as raison, on ne renaît pas à chaque fois que l'on change de vie. Les hommes en rêvent parfois, j'en ai certainement rêvé moi aussi lorsque je t'ai rencontrée. Avec toi, j'étais jeune à nouveau, lorsque nous sortions ensemble et lorsque je te retrouvais en rentrant à la maison. Mais les autres, la manière dont ils nous regardaient parfois, me faisaient soudain sentir la différence d'âge. J'ai souvent pensé à ma vie avec Maria, cependant il me semblait malvenu d'en parler, cela aurait pesé trop lourd sur nous. Mais tu as connu cette vie à travers elle, puis Francesco a débarqué chez nous et tout est devenu plus compliqué.»

Je poussai un soupir involontaire, je ne lui dirais jamais rien de ma nuit avec son fils.

Il poursuivit.

« En tout cas, comme tu dis, cela devait arriver tôt ou tard, et c'était illusoire de penser retenir le passé sur le pas de la porte. Un jour, lorsque j'étais enfant, je rentrais à la maison et j'ai vu mon père descendre d'un taxi, de retour de l'un de ses voyages. J'avais un peu peur de lui, des scènes de ma mère, nous étions plus tranquilles en son absence, même si, quand il partait, je voulais qu'il me prenne avec lui. J'imaginais qu'il menait loin de nous une vie magnifique et remplie d'aventures, ce qui était vrai en partie, surtout pour ce qui est des aventures. Je m'étais arrêté dans la rue, je le regardais. Il était en train de régler le montant de sa course. Il avait un air si insouciant et léger, ce n'était pas la personne que je connaissais. Il est resté un instant immobile devant la porte de la maison, puis, avec une expression entièrement différente, il a mis la clef dans la serrure et il est entré. Je me suis juré de ne jamais diviser ma vie en deux parties, même si je ne devais jamais me marier. Et pourtant il m'est arrivé la même chose. Moi aussi, vers la fin, j'hésitais longuement avant d'entrer, et un soir j'ai décidé de tenir la promesse que je m'étais faite. »

Je pensai alors à Francesco, au récit qu'il m'avait fait de leur séparation. « Je dois me libérer de vous tous, de tout votre chaos », m'avait-il dit. Je repensai à mon père, aux voyages en voiture avec lui. Les mêmes voyages en voiture que se rappelaient aussi les enfants de Pietro. Des strates de souvenirs, de gestes répétés, de joies, d'erreurs accumulés sur des générations. Comment s'en libérer ? Comment faire pour rester ensemble ?

Six

J'ai bien changé, vous ne me reconnaîtriez pas. J'ai trente-six ans aujourd'hui, onze ans de plus qu'alors. J'ai fait carrière, non dans la banque où je travaillais lorsque j'étais avec Pietro, mais dans une entreprise qui s'occupe de nouvelles technologies. Des innovations qui vont devenir rentables et dans lesquelles il faut investir. J'habite seule, il m'arrive de rester au bureau dix heures par jour, je fais toujours beaucoup de sport, je cours dans le parc en face de chez moi, j'ai beaucoup d'amis, pas de fiancé.

Après Pietro, je ne suis plus jamais vraiment tombée amoureuse. J'ai été échaudée par la fin de notre histoire d'amour. J'ai bien eu une ou deux relations mais qui n'ont pas duré. Nous sommes un petit groupe d'amies toutes célibataires et nous avons beaucoup d'amis masculins, presque tous homosexuels. Nous trouvons très intéressant de suivre leurs histoires d'amour, de passion et aussi de sexe, peut-être à cause de mon père ou bien parce qu'ils croient dur comme fer au couple et au mariage, alors que ce sont des mots sans substance pour nous. L'une de mes amies était tout près de franchir le pas, mais elle a changé d'avis au dernier moment et ils ont fini par se quitter. Ils ne pouvaient ni continuer à vivre comme avant ni se marier, et ils ne voulaient pas d'enfants. Au fond, c'est un peu ce qui est arrivé à Pietro et moi, après ce qui s'était passé, tout ce que j'avais appris, nous n'avons pas réussi à trouver une nouvelle manière de vivre ensemble. Je pense parfois avec nostalgie aux premières années, aux caïpirinhas, à ses retours de Bruxelles, combien j'aimais ses trente ans de plus que moi.

Un soir, je l'ai croisé au cinéma, il avait vieilli, mais il était toujours beau. Nous avons échangé un sourire de loin. Il était en compagnie de sa fille, du moins c'est ce que j'ai pensé. Et puis j'ai fait quelques calculs et j'ai compris que ce n'était pas possible. Sandra avait plus ou moins mon âge et la jeune fille qui l'accompagnait n'avait pas plus de vingt-cinq ans. Je ne me souviens pas de quel film il s'agissait, j'ai passé toute la séance à penser à lui, à moi, à ses soixante-cinq ans, à sa nouvelle petite amie qui était certainement l'une de ses étudiantes. Et aussi à ce séjour à Orvieto où il s'était confié. Nous nous sommes véritablement connus ce jour-là et c'est peut-être précisément pour cette raison que nous nous sommes séparés ensuite. Notre amour était né d'une fuite, je courais loin de mon père, de ma mère, et lui loin de ses parents et surtout de la fin de son mariage avec Maria. Leurs histoires s'étaient dangereusement effleurées et avaient mis en lumière la fragilité de la nôtre. Nous nous étions séparés et nous avions recommencé à fuir, lui plus que moi, me semblait-il.

Aujourd'hui je suis seule, mais je voudrais un homme à aimer. Je suis sûre qu'il existe et surtout, je n'ai pas honte de le dire, cela représente une partie fondamentale de ma vie. Je voudrais une famille, différente de celle dans laquelle je suis née, je sais que c'est difficile, mais je ne renonce pas. Je renoncerai passé quarante ans et, à ce moment-là, j'essaierai même d'avoir un enfant sans homme à mes côtés. Tandis que lui m'a toujours l'air de vivre dans « un jour sans fin », comme me l'écrivait Sara, il croit encore se réveiller le même jour chaque matin.

Je n'ai plus jamais revu Maria, mais son souvenir et celui de notre histoire me sont revenus si souvent en mémoire. J'ai imprimé nos lettres et je les conserve dans un classeur, avec celle de Francesco. De temps en temps, à l'occasion, je les relis.

Francesco

Chère Elena,

Pas de préambules inutiles comme dirait papa. J'étais à Milan et il m'a annoncé que vous n'étiez plus ensemble. J'ai toujours pensé que cela arriverait, je ne suis pas étonné. Ce n'est pas parce que tu es beaucoup plus jeune que lui, mais, comme je te l'ai dit lorsque nous nous sommes rencontrés, parce qu'il n'a jamais réglé ses comptes avec ma mère. Elle si, elle l'a fait à présent. Il le fera probablement lui aussi maintenant qu'il est seul. Nous sommes allés déjeuner tous les deux, comme chaque fois que je vais à Milan. Il était bouleversé et je me suis senti coupable, même si je ne crois pas que vous vous soyez quittés à cause de cette nuit-là. Je n'ai pas autant d'importance. Pendant la première demi-heure du déjeuner, je n'étais pas certain que tu ne lui aies rien dit. Puis il m'a confié la raison de votre séparation : « Elena voudra se marier un jour et avoir des enfants, mais moi j'en ai déjà eu. » Il s'est mis soudain à parler du temps de mon enfance, quand il m'emmenait chez les médecins pour ma dyslexie. Il a sorti de son portefeuille une photo de nous trois sur une barque, à l'époque où il nous apprenait à pêcher. Il était ému, moi non.

Cette nuit-là avec toi, lorsqu'il était à Bruxelles, je me suis détaché de lui. Je l'aime, mais il n'est plus mon idole. Il l'a été pendant toute mon enfance, je l'ai toujours préféré à ma mère. Après ces jours passés ensemble à Milan, ils sont devenus comme des ex, ainsi que tu le disais, même s'ils nous ont laissé à nous, leurs enfants, une charge difficile à porter. Nous voulons être différents d'eux, je ne sais pas encore de quelle manière, mais nous essaierons. Si je pense à mes grands-parents que j'aimais beaucoup, je ne crois pas que leur vie tout entière était bonne à jeter. J'aimerais qu'ils soient encore de ce monde.

Je n'ai pas l'intention de rentrer en Italie, Sandra m'aide ici et je ne me sens pas perdu avec elle. La séparation de nos parents nous a rendus encore plus unis, nous ne nous abandonnerons jamais. Avec Tommaso, nous nous écrivons et il vient nous voir de temps en temps. Nous avons reconstitué une famille, celle des enfants. Je leur raconte les jours heureux de notre enfance dont je me rappelle chaque détail tandis qu'ils ont presque tout oublié, et nous parlons de notre avenir. Je ne lui ai rien dit à ton sujet, il ne comprendrait pas. Tu as été très importante, Elena, même si c'est peut-être arrivé parce que tu étais la compagne de mon père et moi son fils. Je sais une chose de plus que papa, même si, par bien des aspects, je ne suis pas à sa hauteur : l'amour ne concerne pas seulement deux personnes, mais toutes celles que ces deux personnes créent ou portent avec elles. Moi je le sais, et s'il devait m'arriver d'aimer véritablement quelqu'un, j'espère m'en souvenir. Écris-moi si tu en as envie et si je viens à Milan, nous pourrions nous voir, qu'en dis-tu ?

Je t'embrasse,

Francesco

Comme tu peux le constater, le nouveau logiciel pour dyslexiques est formidable, il corrige automatiquement le mot papa !

Cet ouvrage a été composé
par Belle Page
et achevé d'imprimer
par Rodesa
pour le compte des Éditions Stock
21, rue du Montparnasse, 75006 Paris
en mars 2022

Imprimé en Espagne

Dépôt légal : avril 2022
N° d'édition : 01
17-08-5595/3